U0527046

有爱的青春陪伴者

恋恋不舍

恣意江湖 /著

上海故事会文化传媒有限公司

图书在版编目（CIP）数据

恋恋不舍 / 恣意江湖著. -- 上海 : 上海文化出版社, 2025. 5. -- ISBN 978-7-5535-3178-6

Ⅰ. I247.5

中国国家版本馆 CIP 数据核字第 2025GJ8985 号

责任编辑　蔡美凤
特约编辑　廖　妍
装帧设计　颜小曼　孙欣瑞
印务监制　周仲智
责任校对　言　一

恋恋不舍
恣意江湖　著

出　　版	上海文化出版社
出　　品	上海故事会文化传媒有限公司
	（201101 上海市闵行区号景路 159 弄 A 座 3 楼 www.storychina.cn）
发　　行	长沙大鱼文化传媒有限公司发行中心
印　　刷	长沙鸿发印务实业有限公司
开　　本	880×1230　1/32　印　张 8
版　　次	2025 年 5 月第 1 版　印　次 2025 年 5 月第 1 次印刷
书　　号	ISBN 978-7-5535-3178-6/I.1229
定　　价	42.80 元

版权所有　翻印必究

上海故事会文化传媒有限公司　出品（01217）www.storychina.cn

本书如有印装问题，请与印刷厂联系调换。联系电话：0731-82755298

目 录 /

第一章 / 001
身陷泥沼,不见未来

第二章 / 019
此局重开,故人再见

第三章 / 038
得不到的,永远在骚动

第四章 / 057
岁岁平安,年年有余

第五章 / 075
你来人间一趟,要看看太阳

第六章 / 093
十几岁的人,几十斤的反骨

目录

第七章 / 112
泛泛之交的好朋友

第八章 / 130
读书的意义在于选择的权利

第九章 / 147
最后一次帮你，只为放下你

第十章 / 165
我不负时光，愿时光也不负我

番外一 / 192
江月年年望相似

番外二 / 221
可知江月待年年

第一章
身陷泥沼,不见未来

剪年喜欢看游记,那些没办法亲自用脚走过的地方,就用眼睛看,在脑子里想象。

她翻开一本新买的书,开篇第一个故事写的是在一夕之间灭亡的庞贝古城。

"庞贝古城在一千九百年前由于火山灰的堆积而毁灭,在后来挖掘出来的遗迹里,所有的一切都还是当时的模样,甚至连妓院里的字画都还保存完好。"

妓院这种设施果然不仅原始古老,且遍及世界各地,人类的需求过了千万年依旧不变——食色,性也。

江月伸手搂住剪年的时候,她正陷在庞贝古城被毁灭的感伤之中,作者对古城遗址的详细描述非常吸引人,她不想放开手上的书。

江月又用力地勾了几下,感觉到她硬挺着背脊跟他对抗,没有一点要配合的意思。他半撑起身体,抬手抽走她手上的书,丢掉。

剪年蹙眉瞪着他,眼里都是不满。

三伏天,天气热得厉害,江月在家都不穿衣服。

剪年觉得看书是一件特别正经的事,是一定要穿着衣服干的事。

江月全然不顾她抗拒的眼神，伸手将她睡衣的细肩带往下扯，她就也光着身体了。

剪年觉得很热，闷热。

雨已经酝酿了一整天，还没落下。

床尾的旧电扇在转动，"呼啦呼啦"地响，因破旧产生的难听声响和剪年难堪的处境相互辉映。

她抬脚踢了一下江月的大腿说："太热了。"

江月精瘦修长的身子趴在她腿上，头埋在她的心口处，含糊地说："哪年不是这么热？"

是啊，哪年不是这么热。

认识江月都十年了，每一年的夏天都是这么热过来的，为什么今年她就是觉得分外焦躁？

难耐的到底是这样的天气，还是这样的生活？

两个人的温度总是比一个人要高。

剪年全身都开始出汗，还有江月的汗水，混在一起，黏腻的感觉，让她更觉得不痛快。

她用力推开江月说："我说太热了，我不要！"

江月的身体看着就很瘦，剪年真用力推上去的那一下，被他的骨头硌得手疼：他比看起来的还要瘦。

他被推开后跪坐在她面前，先是有些莫名，继而一笑。

他白皙的皮肤在节能灯的照耀下看起来白得几近透明。而他生了一张极好看的脸，就像当年他只是清浅一笑就引得剪年对他一见钟情，并对他展开疯狂的追求一样，十年后的现在，剪年依旧拿他没辙。

江月笑着说："年年，我时间有限。"然后便俯身下去亲吻她的小腿。

剪年最怕他这样，每次都像是有电流一路从腿部直蹿头部，直到心都开始发颤，让她再无力思考别的事情。

白天，江月睡觉，剪年上班。

江月的工作是从晚上十点开始的，两人重合的休息时间几乎只有晚上七点到九点之间的两个小时，不出意外的话，这是江月乐此不疲地折腾剪年的时段。

她不知道只有他是这样还是男人这种生物都这样，她只有他一个男人，无从了解。

江月冲完凉，穿了件迷幻花纹的短袖。他背着琴走到门口的时候，看到剪年还保持着之前的姿势没动，脱了一半的睡衣还缠在她的腰间。

他早已习惯了这样的场景，想起她之前说热，便出主意："用凉水把席子擦一遍再睡，会凉快一些。"

剪年无声地哭了。

这生活像一潭泥沼，她正越陷越深；这生活没有未来，她却因眷恋他而不舍得离开。

这样的生活何时才是尽头？

而她，真的有其他的选择吗？

她就那样趴着，哭累了，睡着了。她再次睁眼，是被大雨声吵醒的。

酝酿了一天的雨终于落下来了，带着雨味的风从开着的窗户吹进来，混浊压抑的空气变得清透了一些。

看看时间，凌晨一点钟了江月还没回家。

这很正常，他在一家夜场驻唱，工作结束以后还要和乐队朋友一起喝酒，两点以前从没回过家。

剪年以前也管过，让他不要再玩乐队了，赚不到钱不说，乐器还很烧钱，酒钱也贵得要命。

一个男人，赚的钱还不够自己生活，也不养家，剪年那点微薄薪水，全倒贴他了。

这样的日子持续过下去，未来是可以预见的糟糕。

剪年才二十几岁，正当年华，退可嫁人，进可努力生活，可江月已经废了。

君非良人，她很清楚，离开他才是正确的做法，但她还是选择穿好衣服，拿了雨伞去接江月回家。

出租屋外是一条没有路灯的石板路，路很长、很曲折、很滑……路两边的房屋都已经熄灭了灯火，天地间一片黑暗。

剪年撑着伞，脚步平稳，这是她走惯了的路，不需要光亮，凭感觉都能顺利走出去。

想要租金便宜，只能找这样偏僻的自建房，唯一的好处是这里离江月驻唱的地方近。

凌晨一点多，正是夜场最嗨的时段。

剪年忍受着震耳欲聋的音乐，穿过群魔乱舞的人海，找到江月的时候，他正搂着一个衣着暴露的浓妆女人，伏在她的脖颈间轻嗅。女人姿态亲昵地抚摸他的脸，尽量昂着头，给他更多空间便于他贴得更近。

剪年走过去，隔着满桌的杯盘狼藉，望着江月。他的眼角余光瞄到了剪年，头稍微转动了一下，像是想要确认一眼，却又无力转动。已经醉得恍惚的他，浑身瘫软地伏在身边女人的肩膀上。

张鸿儒还保持着半分清醒，推了江月一把说："你老婆。"

乐队的其他成员也都搂着个女人，正忙着抓胸摸臀，激情得就差现场宽衣解带，就地解决生理需求。

剪年气得浑身发抖，把滴水的雨伞狠狠丢向江月，吼道："你这辈子不是死在酒里就是死在女人身上，我俩完了！"

江月仅凭一张帅气的脸，就没缺过爱慕者。常年昼伏夜出的生活，让他的皮肤苍白得像个吸血贵族。在夜场这种灯光昏暗的场合，他的美貌简直所向披靡，无人能抵抗他的诱惑，除了剪年。

剪年像是江月身上的一颗痣，原本没有，但是某一天突然出现在他的身上，既然长出来了，那便是他的东西。

当年是她使尽手段留在他身边，如今她再想离开，他是不会放手的。

剪年刚跑出夜场就被暴雨当头浇了个透，她抹开脸上的头发，朝着出租屋的方向疾走。江月追出来一把拽住她的胳膊。

她在气头上，紧咬着后牙槽，用力地挣脱和推搡。

江月突然弯下腰去，弓着身体捂着腹部，半晌没动。他最近常常腹痛，剪年催了几次让他去医院检查，他也不去，只说是胃病，偶尔吃几粒药。他一天到晚都不好好吃饭，是极有可能得胃病的。

江月到那一阵疼痛过去了以后，才双手圈抱着剪年说："年年，不要生气嘛。"

剪年使劲挣扎："我不是生气，我是要跟你分手！"

大雨滂沱，打得剪年浑身都疼，江月却像是无知无觉一般，依旧对她嬉皮笑脸地说："年年，这种话你别老说，伤感情。"

他语音模糊，身上滚烫。

剪年知道他喝醉以后精神更为亢奋，总是无休止地折腾她。

这一刻，积蓄了太久的不满终于爆发了。她猛地挣开他的怀抱，大声控诉道："江月，就是因为和你在一起，我什么都没有了。家人、朋友，还有我们的孩子，全都没有了。我的前半生为你失去了一切，我不要再这样继续下去了。"

江月却依旧嬉笑着说："孩子是你不要的，怎么现在又来说这件事？"

剪年哭得很凶，只是大雨滂沱，眼泪刚涌出就被雨水冲刷走了："如果不是你和安雨濛去旅行，我不会一气之下把孩子打掉。"

江月无所谓地说："你想要的话，我们就再要一个嘛。"

"我不要！我的人生因为你一团糟，和你在一起是没有未来的，就连你，我也不要了！"

失去是痛，新生是痛，虽然都是痛，但是，在选择新生的时候，起码未来还有希望。

江月的神志有一瞬的清醒，他失落地说："你要离开了，要丢下我一个人走？"

剪年的心狠狠地痛了一下。她这一生，是追逐江月的一生，以前追他的时候，稍微得到一点回应，就够她高兴上一整天。那时候的她做梦都不会梦到，有这样一天，她想离开他，而他在挽留。

"我被你蹉跎到现在，都快三十岁了，我再耽误不起，你放过我吧。"

江月伸手想摸她，却被她躲开了。他呓语般地说："不行啊，年年，我们说好了要一起下地狱的……"

要分开的人是剪年，哭得肝肠寸断也是她。

右边忽然响起一声低沉的喇叭声。

这是西城最长的一段坡道，这里发生车祸的频率高得上了社会版头条，政府为此专门加装了大量减速带，但还是有不熟悉路况的外地司机以为这里是个十字路口，实际上它是个T型路口。

剪年和江月站在一棵粗壮的法国梧桐树下，货车失控冲过去的时候，剪年下意识地推了江月一把，江月却是紧紧将她抱在怀里，不曾放手。

剪年听到梧桐树树枝断裂的声音、大货车撞上挡土墙的声音，还有江月的声音。他说："你不要有事，我不带你下地狱了，我一个人去。年年，醒一醒，醒一醒……"

在那个暴雨如注的夜晚，剪年失去意识前听到的唯有江月的声音。不同于他醉得神志不清时的含糊，而是十分清晰的一字一句，他说："该死的人是我，不是她，求你不要带走她。"

十年前。

金秋的阳光透过玻璃窗，温柔地漫进教室里，照得一室明亮。窗外有稀疏的蝉鸣，窗内是朝气蓬勃的学生。

剪年以转学生的身份站在讲台上，等着做自我介绍，台下的学生都穿着白色镶红边的短袖校服。

剪年放眼一望，就看见了坐在教室最后一排的江月。他微微笑了一瞬，然后和前排的男生小声说话。

江月是全班最高的男生，一眼看上去特别干净、白皙。他长得太好看了，白色T恤在他身上都显得时尚，遑论他那一笑如花开的灿烂笑脸，直接晃花了剪年的眼。

剪年和爸爸很久没见面了，爸爸不知道她长高了那么多，专门为她买的新裙子，小了。

裙子的腰线高到肋骨处，剪年尴尬地站在讲台上，初次见到她爱了一生的江月。

爱情来得那样猝不及防，以至于她瞬间跌入爱情的深渊，然后花了一生一世倾尽所有，执意痴缠，最终却毁了双方。

这场爱情，开幕得太早，凋零得太快。

在失去意识的最后一刻，剪年所想的是："若有来生，我一定不要爱上他。"

剪年感觉自己在无边的黑暗里飘浮，没有时间、空间地过了很久，又像只是一瞬间。

再次睁眼，入目皆是耀眼的光。

她身旁的同学正在做自我介绍："大家好，我叫李梦，之前就读于解放路中学，今天转到这里，很高兴认识大家。"

听见似曾听过的话，匆匆一瞥台下都是熟悉的同学们的脸，剪年慌乱地左顾右盼。

罗老师出声提醒道："剪年同学，轮到你了。"

剪年表情慌张，张口欲言却只是无声地开合了几下嘴唇，没能说出一个字。

罗老师以为她是太紧张，安抚道："剪年同学，不要怕，三班的同学都很期待认识你。同学们，给她一点掌声鼓励一下！"

整齐而热烈的掌声响起，李梦轻碰了一下剪年的手背，小声说："你就说你是从哪个学校转学来的就可以了。"

剪年感觉到李梦皮肤的温度，才终于确定，此刻不是在做梦，她真的再次站在三班的讲台上，即将和江月认识。

她深吸一口气，简单两句话介绍完自己，迫不及待地看向时光身边的位子，果然是空的，因为她即将成为时光的同桌。

她曾觉得，那是一生中遇到的最好的事，因为江月就坐在时光后面，她距离心仪的男孩子，那么近。

剪年尚不清楚，突然涌入脑海里的那些画面是怎么回事。

是想象？

是幻觉？

是看到喜欢的人，真的就是一眼万年，现实中的一瞬，她已经在脑海里走完了他们的一生？

那些贫穷难挨的日子，那种痛彻心扉的感觉，都太真实了，以至于她顿时对江月的好感全无，甚至唯恐避之不及。

她跟老师说："我想和李梦换座位可以吗？"

李梦已经在第一排坐下。

罗老师问："你愿意和剪年换座位吗？"

李梦怯生生地说："罗老师，我坐后面看不清黑板。"

罗老师耐心地说："剪年同学，你也近视了？"

剪年第一次对自己视力太好这件事感到无奈，她又不能对老师撒谎。

江月拍了一下时光的肩膀，时光微微后仰，江月在他耳后笑着说话。

就算听不见，光看江月的表情，剪年也能猜到他在说她土。

他嘲笑人的时候，左边的嘴角会上翘。

时光面无表情，没有接江月的话，他不喜欢评价别人。

江月是他的朋友，他可以听朋友表达，但不等于他就认可对方的观点。

剪年没能换座位，失望溢于言表。

江月看她一副不情不愿的样子，对时光说："转学生土得掉渣，你没嫌弃她就不错了，她还挑肥拣瘦。你说她为什么不愿意和你坐同桌？"

话音刚落，剪年就在时光身边坐下了。

时光友好地与她打招呼："你好，剪年同学，我叫时光。"

剪年没有出声，只点了下头，算是打过招呼了。

江月撑着下巴望着前排脸很臭的转学生，她明明坐了全班最好的一个位置，到底是在不满什么？

要知道，时光的同桌转学走了以后，多少女生想换来这个座位坐啊。她倒好，捡了个大便宜还一副很不情愿的样子。

开学第一天，先是班主任开班会，叮嘱大家假期结束了，要收心好好搞学习，然后是任课老师讲话环节，接着是收暑假作业、发新书，最后全班大扫除。

这一切，剪年增加的记忆里全都有，她有种同样的事情又发生了一遍的感觉。

她就像是在电影院里看一部已经看过的电影，所有的情节她都知道了，包括结局，但她无法快进，只能在这里一分一秒地经历一样的事。

到此刻，她已经冷静下来了，不管脑海中的画面只是她的想象还是她突然拥有了预见未来的能力，既然上天给她"透题"了，那她就要改写悲惨故事的结局，她这一生，一定要幸福才行！

剪年现在就读的英华学校是一所私立贵族学校，"贵族"二字代表着高昂的学费和封闭式管理。

这所学校里的学生，大多数是因为家长忙着做生意赚钱，不想管孩子，再加上自身文化水平不高，不想辅导孩子作业，于是砸钱将他们丢给学校，一切事宜交由老师负责。

剪年在转学以前，和姥姥、姥爷一起生活在偏僻的乡下。

前不久，爸爸和妈妈办完了离婚手续，她被判给爸爸抚养。她还有个弟弟叫剪筠，自小在爸妈身边长大，现在在公立学校读四年级。

剪年的爸爸以前在城里打工赚钱，收入不高。到了她读小学的时候，弟弟也要读幼儿园，家里只供得起一个孩子在城里读书，剪年的户口又不在城里，没有公立学校可以上，考虑到弟弟太小，需要父母照顾，就把剪年送到乡下老家上学去了。

前些年，剪年的爸爸下海经商，生意做得不错，可就算是有了钱，也完全没想起来要解决剪年的户口问题，把她接来城里读书，直到夫妻俩起草离婚协议的时候才谈起剪年的事。

剪彦武之所以把这个已经忘记得差不多的女儿留在身边，还花大价钱送她上私立学校，只因为他太爱面子了。

他是听不得亲朋好友说他剪彦武这么有能力、牛气哄哄的一个大老板竟然连两个孩子都养不起，或是他只要儿子之类的话。

将剪年转学到城里来读书，不过是大张旗鼓地做给旁人看，所以又是买新衣服，又是念贵族学校。

以后但凡亲朋说起来，大家都会说剪彦武是个好爸爸，两个孩子他都负责养，也不要前妻给赡养费，条条件件说起来都倍儿有面子。

外人看热闹，作为当事人的剪年却知道，爸爸是打心眼儿里嫌弃她，从他对妈妈的态度就看得出来，他根本就看不起女人。

他觉得女人要靠男人才活得下去，作为男性附属品的女人是没有发言权的，所以在家里，从来都是他一个人说了算。

至于剪年读贵族学校，也并不是剪彦武真心想让她来读，而是剪年的户口不在本地，公立学校不收她，眼看就要开学了，剪彦武不想被人笑话说他的孩子没有书念，不得已才花钱解决问题，顺便落得个美名。

剪年转入的三班里有一个很坚固的六人小团体。

他们是在同一个村子里长大的小伙伴，自小学开始就在一起念书，时至今日，已经有十几年的深厚友谊。

因为城市规划的需要，而那个"村"的"村民"的土地被征用，补偿丰厚，全村每户人都有一栋以上的楼房。

村子的地理位置十分优越，就在全市最好的初中和省重点高中之间，村里的房子是完全不愁租的学区陪读房。

村民们早就过上了啥事儿不用干，只是收租就能衣食无忧的富裕生活。

六人小队里只有一个女生安雨濛，她爸是个包工头，是村里最有钱的人之一。

村子拆迁时，他瞅准那些特别穷的村民，就算拿着政府的赔偿金也凑不够盖楼的钱，他就花钱把村民的地基便宜买下，通通盖成楼房出租。

现在要问村里谁是首富，大家都知道是拥有十几栋楼房的安家。

安雨濛家用的东西，都是市面上很难买到的原装进口贵价货。

平日里她会大方地带进口糖果给朋友们分享，最近她更是得意，因为她家新买了一台巨大的液晶电视。

去过她家的同学到班上说起时，都是手脚并用地比画着，说根本就没见过那么薄那么大的电视，后来就传成说她家的电视有一整扇推拉窗那么大。

没去过安雨濛家的同学，看着教室里两米见方的推拉窗，很是神往。

安雨濛长得漂亮，出手又大方，"恩泽"全班，在班上一直是众星拱月一样的存在，这下更是如日中天，大家抢着想要和她做朋友，对她客气又讨好。

小公主什么都不缺，谁都不怕，唯一的软肋是江月。

六人小队唯安雨濛马首是瞻，她却是什么都听江月的，所以这个小团体的真正话事人其实是江月。

剪年脑海中的画面是，她极尽讨好之能事，想挤入小团体里，却因为江月的关系，她和安雨濛始终势如水火。甚至于，后来，在她和江月同居多年以后，安雨濛仍不死心，使出浑身解数挖墙脚，终于如愿和江月双飞泰国游，还故意发照片给她看。

脑海中的夺爱之痛，失子之伤，明明剪年都没有经历过，却还是有痛彻心扉的感觉。

时光见转学生沉着脸，表情严肃，放在课桌上的手紧握成拳，好心地提醒："剪年同学，你的任务是擦窗户。"

剪年回神，说了声"好"，就朝教室角落里的置物柜走去。她准确打开放抹布的柜门，拿起一块就走。

时光见她笔直地走向置物柜，又精准地找出打扫用具，有些疑问：转学生怎么知道抹布放在那里？

但他没多想，低头开始批改大家交上来的语文作业，身为小组长，他有很多事要忙。

江月懒洋洋地洗好抹布，慢条斯理地回到教室走廊，发现每扇窗户前都站了两个人在忙。

他只想溜到一旁去偷懒，等大家劳动完了再现身，假装自己也刚忙完一样。

正要开溜，就看见剪年爬上了凳子，高举起一只手去擦上面的玻璃。

江月一抬头就看到了不该看的东西，赶忙低下头，小声说："转学生你下来，我上去擦。"

剪年受那一瞬间看到的影像所影响，这辈子最不想搭理的人就是江月。

她假装没听见，越发卖力地擦着窗户。

江月左右一看,发现没人注意这边,于是伸手抓住剪年的裙摆往下拽着说:"快下来,看到内裤了……"

"内裤"两个字江月说得极轻,剪年没听清楚,但是猜到了他说的是什么。她站在凳子上,愣了一瞬,看来这裙子比她已知的还要更不合身。

江月有点恐高,站上凳子就开始控制不住地发抖。

剪年脑海里有这件事,所以她下来以后没有离开,而是帮他扶着凳子,毕竟他是替自己上去擦玻璃的。

安雨濛负责擦桌椅,她的劳动任务向来由小跟班景山同学任劳任怨地全部承包。

她无事可干,想找江月玩,发现他在擦窗户,赶紧跑了出去,一眼看到转学生正扶着他踩着的凳子。

所有接近江月的女生,都是安雨濛的敌人。

她走过去,蛮横地撞了一下剪年说:"我来!"

剪年被安雨濛挤得身子一歪,事发突然,她手上没松劲,扯得凳子也晃了起来。江月害怕极了,忙喊:"别动,别动啊!"

安雨濛不满地叫:"都跟你说了让我来了,你让开!"

玻璃已经擦完,江月跳下地,笑问道:"安安,你们组打扫完了?"

安雨濛马上不跟剪年争执了,凑上去说:"景山在忙呢,我陪你洗抹布去。"

剪年把踩脏了的凳子擦干净,搬回教室。

打扫工作已近尾声,张鸿儒和许坚白那组人负责拖地。

时光批改完了作业,抱起汇总到他这里的全班作业,往罗老师的办公室送。

许坚白给张鸿儒使了个眼色,两人推着拖把快速朝时光跑过去,嘴上喊着:"小心!小心!"

时光侧头去看,拖把已经抵在他的脚上。

本来两个损友只是想跟他开个小玩笑,却不知道是谁的力道没有拿捏好,真把他给绊倒了。

剪年回教室收拾书包,和时光擦身而过时,刚好看见他被绊倒。

她想也没想地一个侧身就将肩膀抵了上去,先扛住了他的体重,然后一手撑着桌子,一手扶住他的腰,成功地让他站稳了。

时光只比剪年高一点,此刻她的肩膀抵在他的肩窝处,两人之间就算是隔着一沓作业本,距离也近得要命。

许坚白看到眼前的一幕兴奋不已,大声呼喊道:"转学生和时光抱在一起了!"

这一声远远地传了出去,在教室里忙着将椅子搬到桌面上的同学,在教室外打扫完的同学都听到了,不管是教室门口还是窗外的同学们都好奇地探头围观。

时光的脸霎时间红了个透。

剪年却是毫不介意,她确认时光站稳以后,轻笑了一瞬,说:"小心一点啊,时光。"

时光见到剪年的第一眼,就觉得她像是有万千心事一般,愁眉不展。

她一直冷着脸,不言不语,第一次看到她露出略微轻松的表情,原来她会笑啊。

剪年分明是第一次喊他的名字,时光却觉得,她像是已经叫过了千百遍一样,有种不假思索就脱口而出的熟悉。

剪年像无事发生一般,淡定地走开。

时光抱紧作业本，快速跑出教室。

他连道谢的话都没有说，只因心跳得实在太快，他怕一张口，那颗心就要飞出去，不再属于他了。

卫生检查完毕，罗老师通知大家晚上八点要查宿舍卫生，全员必须在寝。

接下来的时间，自由安排。

剪年昨天才从乡下来到城里，所有的东西都还是打包没拆开的状态，听到可以自由行动，她第一时间就回家去了。

江月和安雨濛回到教室的时候，同学们都已经走得七七八八。

许坚白第一时间添油加醋地描述了时光和转学生抱在一起的"大事件"。

时光很不自在，背起书包就想躲出去。

江月追上去嬉笑着调侃他："你还不好意思了？其实，转学生那种土包子根本就不能归到女生那一档，你有什么不好意思的？"

安雨濛附和道："对！而且看起来就很穷酸的样子。"

景山也忙着附和："安安说得没错。"

许坚白和张鸿儒一听，越发肆意地嘲笑了起来："你们给时光留点面子，那可是他抱的第一个女生。"

"对啊，万一时光想对她负责，你们这样一说，他不是为难了吗？"

时光彻底羞红了脸，他们不提还好，一提就让他想起刚才剪年抱着他的感觉。

虽然只有一瞬间，但他的手背确实接触到了不同于男生的柔软，他心里知道那是什么。

时光面红耳赤地反抗道："剪年同学是好心帮我，你们说得太过分了。"

他不说话还好,他们觉得无趣就会闭嘴了;他一反驳,他们就更来精神了,什么难听的话都敢说。

时光一人难敌五张嘴,只好甩开他们,埋头往前跑。

许坚白和张鸿儒追了上去说:"开玩笑的嘛。"

"你不会真的这么小气吧?"

安雨濛见时光居然帮转学生说话,不满地噘着嘴说:"哼,时光都记住转学生的名字了。他俩坐同桌,一个穷酸味扑鼻,一个臭气熏天,真是天生一对。"

江月蹙眉,压低了声音说:"安安,我没有闻到。"

安雨濛提高了声音,不依不饶地说:"你的鼻子出问题了吗?他身上明明就很臭!"

好巧不巧,剪年现也跟他们住同一个村,所以她回家的路线和六人小队是重合的。

本来她先走一步就是想避开他们,结果他们几人一路打打闹闹地跑得飞快,竟然还超过她了。

他们闹得那样大声,每句话她都听见了。

剪年并不在意那些幼稚的玩笑话,但安雨濛说时光身上很臭,她不能忍。

安雨濛感觉到有人拍她肩膀,转脸看见是剪年,马上露出了嫌弃的表情,抬手扫了扫自己的肩,厌恶地说:"你干吗?别碰我!"

剪年直直地看着安雨濛的眼睛,一字一句地说得很清楚:"那是河水的味道。"

安雨濛不为所动，只觉得剪年多管闲事。

剪年忍不住问她："你们不是朋友吗？"

说朋友的坏话，明晃晃地嫌弃朋友，这种行为是正确的吗？

安雨濛觉得剪年的眼神有点可怕，那么凶狠地看着她，让她感觉很不舒服，像是和她有深仇大恨一样。

她被看得头皮发麻，心发慌，害怕地朝江月靠近了一些，却仍嘴硬地说："你是谁啊？管得着吗？"

剪年正要呛回去，江月插话了。他一脸恍然大悟的表情，说："原来是河水的味道，难怪我觉得熟悉。"

他悄悄地对剪年使了个眼色，意思就是"交给我"，然后快步走了。安雨濛马上就追上了他。

他笑着跟她说："安安，你住得离河堤远，所以不知道。我们以前住在河边的人早就习惯了河水的气味，难怪我一直闻不出你说的奇怪味道。"

只要是江月说的话，安雨濛都无条件认同，她好奇地询问河水为什么会有味道。

第二章
此局重开，故人再见

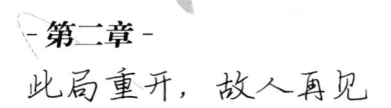

安雨濛天生公主病，觉得小伙伴们都该哄着她、宠着她、无条件服从于她。

虽是六人小队，但是除江月以外的人，她并不放在眼里。

江月天生就会哄女孩子，又跟安雨濛从小一起长大，十分清楚她的脾气性格，把她降得服服帖帖的。

时光性格内敛，六个人里就数他的话最少，江月偏生和他关系最好。

六人本是同村，年龄相仿，从小玩到大。

城南开发计划开始以后，大部分村民都顺利拿到了拆迁补偿，唯独时光家因为条件没谈妥，变成了钉子户。

高大的河堤建了起来，横跨江水的大桥也落成了，整个村子都发生了天翻地覆的变化，以前那些青砖白墙的平房变成了整齐划一的居民楼。

两岸的河堤将时光家和河水围在里面，彻底将他家和其他村民隔离开。

他家和政府拉锯多年的结果是，最近一年，就连自来水和电都被断掉了。

好在河对岸的山上有一股地下泉水,涓涓细流不断涌出,他家靠在那里打水度日撑到现在。

门口就是河,洗衣服还算方便。

只是这些年,村里的常住人口不断增加,污水排放量和生活垃圾也在增多,原本清澈的河水日渐混浊起来,衣服不可避免地沾上了河水特有的泥腥味。

安雨濛从不顾及他人感受,时光身上有味道不是一天两天了,忍到今天才嚷嚷出来,是因为时光是六人小队里的,而且味道日渐强烈,她忍无可忍了。

大伙儿在村口分别,各回各家。

剪年在幻象中看到了自己努力加入小团体的结局,那就是根本融入不了,不值得。

她刻意慢下脚步,让他们先走。这一次,她只想离他们远点,再远点……

时光面上不动声色,其实安雨濛的话他听进去了。害怕小伙伴们闻到自己身上的味道,他下意识地和大家拉开了距离。

他瞥眼看到身侧有一个影子,当即缩小了步伐,待到剪年要和他擦身而过时,他才装作刚发现的样子,主动搭话道:"剪年同学,你家也住在这附近吗?"

剪年遥指了下距离河堤最近的那栋楼说:"在那里。"

时光点了下头说:"原来你们租的燕子姐姐家的房子,我家就在她家对面,你站在阳台上往下看就能看到我家。"

时光家现在还是一栋被风吹日晒得不成样子的小木屋。他的爸妈都很勤劳,在河边种了许多蔬菜,自给自足,够一家人吃。

剪年脑海中新增的记忆里有时光,他是很特别的存在。

在那短暂匆忙的一生里,时光是唯一一个对剪年从始至终都没有变的人。

不管她有多落魄,不管传言说她如何堕落,时光每次遇到她,总是微笑着,还出手接济过她。

那些画面太过真实,那些记忆太过深刻,那些痛苦太过清晰,剪年仿佛真的走完了那荒唐痛苦的一生,她现在只想远离所有在幻象里出现过的人,尤其是造成她不幸人生的人。

可时光没有错,他单纯善良、赤诚待人,她愿意接近他。

剪年回到家,爷爷正在厨房做饭,奶奶坐在沙发上碎碎念:"老大也真是的,叫他不要养那个女娃,就是不听,非要接来城里读书。这下好了,一共就两间卧室,哪里还有她住的地方?难道是要把我们两个老的赶走吗?"

爷爷在厨房里搭腔:"老大不是说她一周才回来一次,在客厅里支一张折叠床就行,她去上学了就收起来,也不碍事。"

奶奶说:"说到上学,我听说她读的那个学校的学费贵得吓死人哦!一学期大几千块,老大的钱也不是风刮来的,这么个花法,谁能扛得住啊?"

爷爷说:"书还是要读的,老大现在也不差这几个钱,他又不找你要,你也别操那份心。"

奶奶不满地说:"你一天只晓得吃吃喝喝,什么都不操心。我要是也和你一样啥都不考虑,那谁来为老大操心?他现在又没老婆帮他分担。要我说,女娃读不读书有什么关系,她是在她姥爷家里长大的,谁知道她姥爷一家人给她灌输了些啥思想?老大辛辛苦苦花大价钱让她把书读完,将来她翅膀硬了,认不认老大还另说,只记得孝敬那个不养她的妈也有可能!"

爷爷端着菜从厨房出来说:"孩子认妈很正常,那是她亲妈。我听说她的成绩很好,指不定将来能考上个大学啥的,我们剪家也能出个大学生了。"

爷爷正说着就看到了站在门口的剪年,也不知道她在那里站了有多久。

奶奶嘴快地说:"上大学可不是一句话的事,又得花多少钱啊?她妈倒好,一不养她,二不教她,将来等她书读完了再来认她,捡个现成便宜,我这是为老大不值!"

剪年被发现了,也不好再安静地站在门口,一脚跨进去说:"爷爷,奶奶,我回来了。"

剪年的奶奶是个能干又强势的女人,她年轻的时候吃了很多苦,一个人拉扯大三个孩子。

剪年的爷爷是个普通工人,常年在外地,每个月的工资全数寄回家,家里大小事情都是奶奶做主,长此以往,越发独断专行。

剪家全家老小都很尊敬这位要强的"老太后",而她在子女们都已经成家之后,还会插手儿女家的事务,要人家夫妻都听她的。

爷爷退休后回到乡下养鱼种花,清闲度日。因为大儿子剪彦武离婚后两个孩子没人照顾,于是让二老搬来了城里。

剪彦武大部分时间不在家,二老只用给孩子们做饭,还算轻松。

刚才那一番话究竟被剪年听到多少,二老其实并不在意。就算是当着她的面,爷爷奶奶要教训,那也是随时随地,想怎么说就怎么说。

长辈教训晚辈天经地义,哪里需要顾及她的感受。

爷爷说:"去洗个手,剪筠回来就开饭。"

奶奶冲着剪年的背影说:"你咋比筠筠回来得还早?开学第一天就逃学了?"

剪年洗着手说:"今天不上课,打扫完卫生,老师就让我们走了。"

奶奶不满地说:"这是个什么学校啊?学费那么贵,打扫卫生就算一天?这不是耽误一天的课吗?只知道赚钱!"

虽然剪年跟奶奶生活在一起的时间不多,却也知道她三句话离不开一个钱字。

就算剪年没花过奶奶一分钱,奶奶这些年也没赚过一分钱,但是在奶奶眼里,剪家任何人的钱她都得操心,还要发表意见。

剪彦武是个孝顺儿子,剪年有样学样,不管奶奶再啰唆、说话多么难听,她也只是听着,不辩驳。

剪年的行李放在后阳台,她找出一身旧衣裳换上,新衣服不合身,以后也没机会穿了。

奶奶见了说:"这身衣服我看着眼熟。"

"妈妈的旧衣服,她穿着小了给我的。"

奶奶的神情一变,轻蔑地说:"你妈长胖太多了,穿啥都不好看,你穿着倒还合身。"

剪年正值发育期,一年之间长高了一大截,妈妈的旧衣服虽不完全合身,但是比过短的新裙子得体多了。

剪年的妈妈是个节俭的人,甚少给自己置办衣物,也很少给剪年买衣裳,多是把她年轻时的衣服给剪年穿。

剪筠在城里生活,妈妈怕剪彦武的朋友看笑话,不免给他买得多一些。

至于剪彦武，他向来很会打扮自己，任何一套衣服都抵得上剪年半年的学费。

女人对自己抠抠搜搜，缝缝补补又三年，省吃俭用也要让男人光鲜亮丽，风风光光。

剪彦武却只觉得糟糠之妻胖了、土气、上不得台面，感觉她越发配不上自己，一心要跟她离婚。

剪年的妈妈这时候才恍然大悟：不是无欲无求，一心为这个家操劳，丈夫就会觉得你是个好妻子。

剪年听到敲门声，知道是剪筠回来了。

剪筠进门后，把校服外套的袖子在脖子上打了个结，当披风披着，手上拽着书包，但明显是一路拖在地上拖回家的。

他在门口把书包丢给剪年说："累死了！"

剪年拿起书包一看，边缘都磨得厉害，好在没有破洞。她把书包拿到洗手台，用湿毛巾擦灰。

奶奶在客厅里热情地高声唤他："筠筠放学啦！快来，今天做了你喜欢吃的肉丝。"

剪筠抱怨道："我不喜欢吃青椒，我要吃京酱肉丝！"

爷爷安抚他的情绪："爷爷今天忘记买甜面酱了，明天我一定给你做，好不好？"

剪筠发脾气："我不！说好了今天吃，就得今天吃！"

"好好好，爷爷一会儿就去买，晚上做给你吃。"

剪筠气哼哼地坐下了。爷爷给他盛了一碗饭，又倒了一碗开水，将肉丝挑选出来洗一洗，青椒的味道没那么浓了，他才勉强愿意多吃些肉。

剪年把书包擦干净，拿到后阳台晾晒好，终于能坐下吃饭的时候，大家都已经吃完下桌了，也没留菜给她。

发育期的孩子胃口好。剪年姥爷家的条件虽然不是很好，但饭还是管饱的。

她见实在没菜，就连汤带水地倒进碗里，呼噜噜一碗饭吃下去，又去盛了第二碗。

奶奶见她又盛了一碗米饭出来，惊讶地大声说："你这丫头咋这么能吃？是你爷爷做的菜太好吃了吗？真是没见过世面，不知道在你姥爷家里吃的都是些啥。你这碗干饭吃下去，在肚子里还要发胀的，你可别下桌就吐了，浪费粮食。"

剪年想端青椒肉丝的手顿了一下，最后觉得，难听的话都已经听了，还是喂饱自己比较重要，于是端起盘子，直接将菜汤倒进碗里。米饭沾上油汤，滑溜溜的，吃起来很顺滑。

奶奶见桌子上的剩菜都被她吃干净了，起身丢下一句："剩汤剩水都要收，和你妈一个德行，也不怕长得跟她一样胖。"

这些话，剪年听得耳朵都起茧子了。

她本身很有性格，既不服输，也不服软。

若是以前，听奶奶说这些阴阳怪气的话，她一定会顶回去，奶奶说一句，她能顶十句。

可今天，她在新增的记忆中看到了自己和奶奶越吵越僵的后果——奶奶在爸爸面前不断说她坏话，爸爸愚孝，听信奶奶的一面之词，后来全家人一起诓骗她去别人家里寄宿，结果一去就是两年。

所谓的"寄宿"，其实是把她送给想要孩子却怀不上的人冲喜。因为她已经十来岁了，什么都记得，对方怕养不成自己的孩子，双方提前商量好，对方先养养看，若是对方不想养或是有什么问题，剪家可以接回她。

都说金窝银窝都不如自己的狗窝，这个家不够温暖，但也是自己的家，剪年不想被送走，所以不管奶奶说话有多难听，她都能忍着不顶嘴了。

忍得一时气，但求今世安。

饭后，剪年主动把碗洗了，又扫了地。

碗本是奶奶洗的，但她有风湿，不喜欢沾凉水，所以每次都是一边洗碗一边骂到做完事为止。

剪年不仅不跟奶奶对着干，还要变得更懂事、更勤快，就算得不到奶奶的欢心，也绝不能让她讨厌自己。

家务做完，剪年开始收拾行李，没有衣柜可用，所有的东西只能收在一个尼龙袋里。

她拿够一周要穿的衣物，塞了满满一书包，然后将尼龙袋扎紧，码放在后阳台的角落里。

后阳台是开放式的，她担心下雨会飘湿，又用纸板把尼龙袋盖住了。

终于忙完，她抬头一看，漫天彩霞美不胜收。

眼看着流云远去，感受到河风拂面，剪年深深地叹了一口气。

世界如此美好，生活却如此难熬。

终有一天，她一定会摆脱这样的生活。

她要避开所有危险的人物，全部的雷区，紧紧抓住每一个转折点，牢牢地把握住自己的命运，一定不要走上记忆中的那条路。

不远处的河床上，黢黑的湿泥地里种着小白菜、青菜和蒜苗。时光正在地里扯小白菜，两人隔得很远，他却像是感觉到了目光，直起身，朝着剪年的方向看去。

剪年见时光望向自己,毫不回避,只定定地站着。

时光站在空旷之处,在晚霞映照之下,剪年将他看得清楚。

但时光要看清身处居民楼里的剪年就不容易了,她家阳台上还摆着几盆山茶花,遮挡了视线。

时光站着看了一会儿,歪头想了想,确认了一件事,高兴地笑了起来,又弯腰去扯菜了。

剪年背上书包要走的时候,剪筠从外面回来了。

奶奶看到他就开始念叨:"你干啥去了,这么晚才回来?是跟同学玩够了才回来的吧?你的衣服呢?衣服丢哪儿了都不知道?你怎么还知道要把脑袋带回家呢,咋不一起丢在外面?"

剪筠不耐烦地说:"我饿了。"

爷爷笑呵呵地说:"京酱肉丝早就给你做好了,你一直没回来,我给你盖在锅里保着温呢,我去给你端。"

奶奶软和了口气说:"小祖宗,你是饿了才知道回家啊?别饿出病了,吃了饭再出去玩嘛!"

剪筠不答话,埋头吃他最喜欢的京酱肉丝,吃得满嘴油亮亮的,脸上都沾着甜面酱。

剪年不自觉地咽了咽口水,她的晚饭是白水煮面。

正当她要离开家的时候,听见有人唤她的名字。

她有些奇怪,趴在前阳台上往下看。

时光在楼下仰着头笑:"哦,你家住三楼啊。"

剪年蒙蒙地望着他说:"你找我?"

"嗯。快下来,一起回学校。"

结伴上学是六人小队不成文的约定。

剪年也很需要朋友,毕竟爹不疼妈不爱已是定局,身而为人就有情感需求,没有来自父母的爱,有来自朋友的爱也行。

在她的记忆里,明明是她厚着脸皮想加入六人小队,怎么现在却是时光主动来找她?

可她只想远离他们所有人,只因不想再跟江月有任何瓜葛。

剪年犹豫不决,听到爷爷说:"你同学都来找你了,还不快点去学校?"

她这才慌忙下楼。

时光穿着校服,和她一样只背了一个包。

见她穿的是便服,他问:"你的校服什么时候才能拿到?"

剪年:"要等一个月。"

时光:"我们学校的女生校服,四季都是裙子。"

剪年:"哦。"

时光:"墨绿色的格子裙,挺好看的。"

剪年:"嗯。"

时光偏头望着她说:"你……不爱说话啊?"

剪年突然站住了,说:"你为什么要来找我一起上学?"

时光坦然地说:"现在已经是晚上了,一起走比较安全。"

他是班干部,很有责任心,也习惯照顾人。剪年是他组里的成员,他对她是有一份责任的。

六人小队除江月外都到齐了,那三个男生见到时光带着剪年一起都很惊讶,他们本就排外,故意不搭理剪年,权当她不存在。

安雨濛是个不知道"忍"字为何物的人,直接就吵了起来:"时光你干吗？你要带她一起上学的话就和她单独走，我不要和她走一路！别人要是误以为我和她是朋友怎么办？"她说着就拍了拍自己的袖子，生怕染上剪年的穷酸味。

江月拎着个小号旅行包，晃晃悠悠地走来，说："安安，我老远就听见你的声音了。"

安雨濛一见到他就双眼放光，忙着倾诉委屈："江月你快说说时光，他居然带着个莫名其妙的人来和我们一起上学。"

剪年本也不想和他们走得太近，只是无法拒绝时光的好意，她也知道安雨濛不可能容得下她。

作为小团体里唯一的女生，这种"公主和她的骑士"的结构，安雨濛绝不允许任何人破坏。

剪年看时机成熟了，便说："时光，谢谢你接我一起上学，其实我一个人不怕的，我不想大家因为我不开心，我自己走就好。"

她本以为当着大家的面表明态度以后，就可以愉快地独来独往了，谁知时光竟然说："如果一起走会让安安不高兴，那我和剪年先走一步。"

江月一直没说话，这会儿似乎终于看懂了，笑着说："上学的路就一条，还能怎么走，反正已经聚在一起了就一起走呗。"

安雨濛身边放着两个行李箱，江月安排道："你们帮安安拿行李，走了！"

他一句话，七人就集体出发了。

凡是江月的决定，安雨濛绝对支持，她跑到江月身边说："要不要我帮你抬袋子？"

江月："不用，里面装的篮球和鞋，很轻。"

安雨濛："我带了很多好吃的，明天拿到班上给你吃。"

江月："有牛肉干吗？"

安雨濛："当然有了！我知道你最喜欢吃，每次都准备很多。"

江月笑："嗯，安安最贴心了。"

两人腻腻歪歪地走在前面，后面三个男生除了提自己的东西，还要拿安雨濛的箱子，累得"吭哧吭哧"的，都没心情说话。

时光和剪年殿后，不紧不慢地跟着大部队。

时光善意地解释道："其实安安人很好的，只是和你不熟……"

剪年哼笑了一声没答话。

就不是安雨濛好不好的问题，而是一旦涉及江月，她什么事都干得出来，所有靠近江月的女生，都是她的眼中钉。

反正剪年已经下定决心，从今往后远离江月，坚决不碰他一根手指头，所以她和安雨濛应该不会有太大的矛盾，可也绝对不会成为朋友。

安雨濛的两个箱子里有一个装的全是零食。

第二天她带着两桶糖果来到班上。趁着还没上课，她说："新学年要有一个甜蜜的开始！我请大家吃糖，从第一排第一个往后传，自己拿，每人都有哦。"

安雨濛会拿来请客的东西，都是很贵的，大家嘴上吃着，对她赞不绝口。

江月坐最后一排，传到他手上的时候，桶里还有好些糖。

他不爱吃甜的，把整个桶递给剪年说："都给你吃。"

剪年一点都不想接受安雨濛的恩惠，顺口胡诌："我对糖果过敏。"

江月很惊讶，随后感叹："第一次听说有人对糖果过敏。"

剪年为了增加可信度，也为了结束这个没有意义的话题，硬着头皮补了一句："我吃甜的东西会长疹子。"

江月蹙眉，真心同情："有点可怜，一辈子都不能吃糖。"

剪年见他信以为真，以为这件事结束了。

结果他把糖还给安雨濛，同时拿回一袋牛肉干，大方地抓了几把给剪年说："那你吃这个，不是糖。"

剪年当即在心里怒掀了一张桌子：烦死了，怎么还不上课！

数学老师一边往教室里走，一边说："上课了啊，大家都坐好。"

数学老师想看看暑假之后大家的状态如何，于是第一节课就来了个随堂考试。

剪年看到卷子的时候有点蒙，理应是她熟悉的内容，但是在做到质数、合数、分解质因数的时候，她居然一时想不起来概念，还停下来思考了一会儿。

到了语文和英语的考试，她反倒是写得很顺手，只用了一半的时间就答完了。

左右无事，她在草稿纸上写写画画。

时光偶然瞥到她正奋笔疾书的纸上全是箭头，也不知道她在分析什么。

剪年在乡下读书的那些年里，英语学得不太好，而语文课比城里的学校教得要死板、浅显，所以这次考试她本应该出大糗，稳稳占据倒数第一名的位置，被全班师生嫌弃。

但刚才考试的时候，她脑海中有了答案。

明明英语学得不好，但她竟然觉得可以应对。

她被三门学科老师轮番辱骂的场景浮现脑海，她瞬间头皮发麻，仿佛又被骂了一遍。

考完试以后，她感觉发挥得还行，反正全都写了，应该可以避免被骂。

当天下午就出成绩了，数学老师发卷子之前说："考满分的有六个同学，考 99.5 分的有十个，考 96 分的已经排到三十名以后了。但是，我们班居然有一个考 88 分的同学，老师很失望！下面，我念到名字的同学上来拿卷子。"

剪年紧张得手心出汗，她怀疑那个考 88 分的人极有可能是她。或许考得不错只是她的错觉，实际上错误一堆。

数学老师开始念名字，时光和江月是最早上去拿卷子的人，这个画面她的脑海中有。

原来一切都会按照既定的发生，她还是逃脱不了被羞辱的命运。

数学老师拿着最后一张满分的卷子念道："剪年。"

她呆愣愣地坐在那里一动不动，完全沉浸在自己考了 88 分的挫败感里，根本听不见老师在叫她的名字。

时光碰了下她的胳膊说："老师叫你。"

剪年惊道："叫我？"

时光催她："快去拿卷子。"

剪年站起身，匆匆走上去。

数学老师笑容和蔼地说："剪年同学不错哦，开学测试考得很好，希望你再接再厉，继续保持。"

剪年双手接过试卷，深深鞠躬："谢谢老师。"

时光在台下看着她僵硬得同手同脚的背影，笑了起来：原来，她并不是看起来的那么八风不动。

成绩不代表一个人在班上的绝对地位，却是能力的体现，成绩好的人更容易获得好感。

谁不喜欢优秀的人呢？

恰巧教室最角落的位置坐着三个考了100分的人，顿时让那个角落闪耀起光辉来。

当语文和英语试卷发完以后，剪年以三门都是全班最高分的成绩成功被同学们记住了。

后来经过统计，她又以全年级第一的成绩，火速被人记住了名字。大家都在讨论"三班转来了一个学霸"的事。

老师当然喜欢好学生，此后从班主任到其他学科老师，对剪年都有些另眼相看，更为关注一些。

唯有时光知道，剪年上课一点都不认真。

她有时会翻看教科书，但只是随便看两眼，老师在台上讲得口沫横飞，她忙着在下面写写画画。

时光悄悄瞥了一眼，还是满纸的箭头。

英华学校的课程安排和公立学校不一样，每天要到晚上六点以后才结束一天的学习。下课后，学生去吃饭，到晚上九点以前是自由活动时间。

江月喜欢打篮球，宁可饭不吃也要趁着天没黑打会儿球。

他的体力好得惊人，往往是许坚白和张鸿儒已经累得趴在地上不想动了，他就一人练习带球上篮。

三个人玩半场，另外半场是别的班在玩。

七点钟，操场上的照明灯亮了起来。许坚白和张鸿儒坐在地上喘粗气，江月一个人继续练运球。

一班的苗伟和朋友们吃过饭后晃荡到球场上来。苗伟一看江月这边已经累倒了两个，另外半场还有四五个人玩得正嗨，理所当然地在江月练球的这半场玩了起来。

江月在场边稍事休息，又一个人下场练投篮。

苗伟背对着他，接到传球后转身运球冲刺，正好和江月撞个正着。

江月高瘦，修竹一样的身形，被苗伟胖硕的身躯一撞就弹飞了出去，一屁股坐在球场上。

苗伟不仅没有理会被撞倒的人，而且还坚持上篮得分，然后视若无睹地继续打球。

江月起身，气愤地把手上的球朝苗伟砸去。

苗伟被砸中肩膀，大喊一声："干吗！找事啊？"

江月的屁股还疼着，也在气头上，想也没想就迎头走了上去，不管打不打得过对方，气势上不能输！

许坚白和张鸿儒见势头不对，赶忙跑下场去跟在江月身后，为他壮声势！

苗伟的朋友们见状也围拢到了一起，群情激昂地问："伟哥，要帮忙吗？"

苗伟之所以认识江月，是因为他在意的女孩子在意的对象是江月。

他因此专门去看了所谓的江月长什么样子，想知道他究竟比自己好在哪里。

结果他根本就没看出，跟江月比起来，他到底差哪儿了。

他觉得最大的区别就是，江月瘦得要命，麻秆一样的男生哪有他这样强壮威武的可靠！

本来那事都过去了，没想到会偶遇江月，苗伟心中无名火蹿起就撞了他一下。

苗伟完全可以说自己没看见，不是故意撞的，可江月用球砸他是铁板钉钉的事，他这下有了正当理由教训江月。

他大马金刀地站在江月面前，对身后的小伙伴们说："整死他又怎样，他连爸爸都没有，根本没人给他撑腰！"

江月脸色一变，牙关紧咬，死死握着拳头。

苗伟继续嘲笑他："呀，生气了。全村人都知道你是个没爹的，你妈不知道跟谁……"

话没说完，江月已经扑上去开打了。

苗伟的伙伴们见状就要冲上去狠揍江月，许坚白和张鸿儒眼见场面如此混乱，他俩都没打过架，只好一边拉架一边说："别打了，别把老师招来了。"

根本没人听他们的话，只忙着朝自己能抓到的人下狠手。

剪年从食堂出来，往宿舍走，路过操场的时候，刚好听见苗伟说江月没有爸爸的话，她顿感大事不好，就看到江月已经动手打架了。

江月的身世是他的心病，更是不能触摸的逆鳞。今儿个这场架，他是要打个不死不休。

剪年站在操场边上，很犹豫，不知道要不要阻止。

她都决定这辈子要和江月保持安全距离了，任何跟江月有关的事，她都想装作听不见，看不到……

可是，不知道为什么，听苗伟那样说江月，她竟然感到愤怒。

江月不能决定他的出身，这一点，绝不应该被嘲笑。

她跑到那群打得正凶的人边上，喊道："江月，沛沛，你俩都住手!"

江月暴怒之中依旧听见了剪年的声音,这是她第一次叫他的名字。

今天两人打了那么多次照面,她不仅没跟他说过一句话,甚至连一个眼神没给过他,好像他是空气,她看不见一样。

高冷得要命的转学生,刚才叫他的名字了,口气听起来像是跟他很熟一样。

苗伟的小名叫沛沛,他妈妈是个文化人,给他起名苗沛。

后来爸妈离婚,他爸觉得男孩子就该叫"伟"或是"武"之类有阳刚之气的名字,于是给他改名叫苗伟了。

"沛沛"二字只有他的家人知道,陡然听见这个名字,吓了他一跳,马上就住手了。

剪年走上前,一副大人的口气说:"沛沛,江月是我的朋友,给我个面子,就到此为止吧。"

苗伟望着眼前的女孩儿,对她没有半点印象,但她对他说话的口气又十分熟稔,一时不知道她是哪个远房亲戚的孩子,他们见过,但是他忘记了吗?

他疑惑地问:"你是谁?"

剪年救不了江月,所以她搬出了一个绝对有用的人:"苗叔叔一直跟我爸说你和我上同一所学校,没想到真会遇到你,好巧。"

苗伟瞬间被她绕晕,主要是她搬出他爸爸来,他天不怕地不怕,就怵他爸爸。虽然他还没完全搞懂,但态度已经改变,他对剪年点头说:"哦哦,好巧。"

剪年悄悄伸手到背后,抓住江月的手腕,不着痕迹地准备好要溜之大吉。

她笑着奉承苗伟："以后在学校里还请你多罩着我，沛哥。"

苗伟被女孩子求保护，虚荣心瞬间爆棚，马上就答应了："没问题，以后有事你报你沛哥的大名！"

剪年入戏很深地说："难怪苗叔叔让我有事找你，他说你在学校也是一霸，提前谢谢你了。"

苗伟觉得"一霸"简直就是最好的夸奖，既然是爸爸的意思，他豪气干云地说："必须的，我罩你！"

"那我们先走了，拜拜。"

剪年趁着苗伟陶醉在莫须有的荣光里的时候，拽着江月就跑。

- 第三章 -
得不到的，永远在骚动

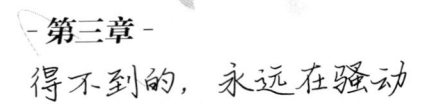

还是苗伟的小伙伴们先反应过来，疑惑地问："伟哥，那女生只是说了几句话，你就把人放走了？"

"江月太不给你面子了！"

苗伟可不能在小伙伴们面前丢掉威严，怒声道："跑得了和尚跑不了庙。要打他还怕没机会？她认识我爸，都开口了，我能不给我爸面子吗？"

大家自然是老大说什么就是什么，他强悍他有理，纷纷附和道：

"伟哥纯爷们儿！"

"江月就只能靠女生救，没用的东西！"

江月刚才挨了一顿拳打脚踢，身上很痛，心里更痛。

他被剪年拽走，气得脸颊绯红，甩手挣脱开说："你不要拉我走，我跟他不死不休！"

剪年被甩开后就不再理他了。苗叔叔的震慑力是很强的，短期之内，苗伟应该不会再找江月的麻烦。

她最不想管的就是江月的事，要不是苗伟的话说得实在过分，她担心江月的浑劲儿上来，两人真打出个好歹来，才不会插手呢。

结果他还不领情。

剪年头也不回地往宿舍走，丢下一句："那你再去找他打一架，我眼不见为净。"

她看不见就不会管了，血别溅她脸上就行。

江月愤怒地追了上去，不依不饶地纠缠道："我要跟他打架，你把我拉走，现在没得打了，你又让我去找他打架，你就是要跟我唱反调。你以为你是谁，凭什么管我的事？"

剪年本就压着一肚子火，好心还被当成驴肝肺，一下就炸了。

她停步转身，望着他一字一句地说："你又以为你是谁？"

江月被她的眼神吓了一跳，他打架的对手双目赤红地望着他的时候，眼神都没有她可怕。

剪年说："你不知道苗伟家是干什么的，才敢去招惹他。我告诉你，他家是做沙石买卖的，你们村乃至整个市的大部分河滩都是他家的生意。你更不知道，能做这种生意的人，和本地的地方势力关系密切。你今天没把他打出好歹来是你幸运，你要真的不怕死，非要跟他杠上，我也懒得管你。我最后告诉你，就算是十个你，他家也能给摆平了。"

江月甚至都不知道那男生叫苗伟，更不知道对方来头这样大，听罢他深吸了一口凉气，问："你怎么……"

"我怎么知道？"剪年看他明显慌了，想到他还只是个大男孩，不像她，已经有走完过一次人生的老成，懂得趋利避害。

她缓和了语气说："我爸认识他爸，我比较清楚他家的情况。苗伟只怕他爸爸一个人，我抬出他爸爸来，总能镇住一阵子。"

剪年说的不是真话，她爸确实和苗伟爸爸的关系很铁，但那是很多年以后才会发生的事。

现在,她爸只知道本地有苗伟爸爸这样一号人物,两人都还没见过面,所以苗伟对剪年全无印象,但她却叫得出苗伟的小名。

她本来不确定那些新增的记忆到底有几分是真实的,当时情况紧急,她急中生智,利用了其中的信息,却没想到,还真奏效了。

江月的妈妈是个大美女,从小就很漂亮,学生时代追她的人就没断过,她又喜欢被人宠着的感觉,所以忙着谈恋爱,不想花心思在学习上。

她的文化水平不高,既不聪明也不想吃苦,更不想做朝九晚五限制很多工资微薄的工作,靠年轻貌美做起了酒类促销工作:上班自由,收入高,还有机会认识有钱人。

她和江月的爸爸是在夜场认识的,两人很快就同居了,直到她怀孕,都没有领结婚证。

她的父母都已经不在了,只留给她可以挡风遮雨的房子。

没有父母为她打算,她又活得随性,就连怀孕以后也没觉得非结婚不可,只觉得两人生活在一起和结婚没有区别。

孩子出生后不到五个月,某一天那个男人突然毫无征兆地、悄无声息地离开了。

江月的妈妈和村里人都只是点头之交,来往不密切的好处就是外界的指指点点她都听不见,就算听到了也不在乎。

江月的出生意味着她在这个世界上又有亲人了,心里顿时被装得满满的,看着孩子一天一个变化,她觉得幸福极了。

孩子爸爸离开的事,她平静地接受了。

她连父母离世的痛苦都承受了,男人的离开并不比那更痛,何况,她这辈子最不缺的就是男人，想要什么样的都有，她才无所谓一个男人是去是留。

村里拆迁补偿以后，她又贷款了一些钱，勉强盖起一栋七层楼的房子。这些年租金收入颇丰，贷款早还清了，她都不用工作，打牌度日。

她没能力辅导孩子的学习，也不想管太多，于是把江月送到寄宿学校。

江月十分聪明，学习成绩很好，一直保持在年级前五。

她这一生有得有失，人到中年不差钱，有个帅气聪明又会哄她开心的儿子，这就是她理想的生活了。

像江月这种"孤儿寡母"的家庭，是真的惹不起苗伟，他那么聪明，剪年一说就想通了，马上消了气。

他跟着剪年走到女生宿舍楼下，眼见她脚步不停地就要进去，赶紧叫住她说："刚才我态度不好，不好意思。谢谢你帮我。"

人能意识到自己的问题，并勇于承认的品质，不是所有人都具备的。

他态度好了，剪年也平静了下来，说："没关系。"

宿舍门口有一盏路灯，暖黄的灯光透过树叶的缝隙洒落下来，柔和的光线就像是傍晚欲黑的时候天边快要消散的晚霞。

江月在暖光之中轻笑，漂亮干净得像湛蓝的天空。

剪年有一瞬的失神，看到他这样美好的笑容，有恍若隔世的感觉。好多年没见他这样笑过了，她好怀念。

江月说："刚才你说我是你朋友，我可当真了，以后，也请你罩着我。"

他生了一张精致的脸，性格开朗，情商又高，他很清楚自己有多受女生欢迎，对自己在女生堆里所向披靡这件事，非常了解。

这是他第一次主动要跟一个女生做朋友，按照过往经验，剪年应该是受宠若惊，满心欢喜地应下才对。

剪年却拒绝了他："那是我为了帮你解围才说的，不要当真。以后只要你不主动挑衅苗伟，他应该不会再惹你，事情就到此为止吧。"

江月听得眉头紧蹙，第一次被女孩子拒绝，他完全不习惯。

剪年又补了一刀："今天不管被围的人是谁，只要我认识，都会帮忙。这是同学之间的情谊，没别的意思。"

她不仅拒绝和他做朋友，忙着和他划清界限，还要他别误会，他对她而言只是再普通不过的同学，与别人没有任何不同。

江月都呆住了，有必要撇得这么干净吗？一副"莫挨我"的态度是怎么回事？

剪年对他点了下头就算道过别了。

江月站在那里，定定地望着她的背影。

她身上的衣服明显过大，款式也像妈妈辈的人才会穿的。她走得很快，背影消瘦，却笔挺，像从石缝中拼命挣扎着生长出来的小草，营养不良，但很顽强。

认识剪年这么多天，她总是沉着脸，没有情绪起伏，无悲无喜的模样。

她从不主动找人说话，若是迫不得已要交流，她语速稳定，语气微凉。

时光曾说，剪年很善良。

源于安雨濛说他臭，而剪年跟他才刚认识，却第一时间站出来帮他说话。

以前江月是不信的，今天亲身经历了，发现她确实心很好，和她一直以来表现出的生人勿近不一样。

江月还知道了一件时光不知道的事：她的手，干燥又温软。

在被她抓住的那一瞬间，他竟然忘了，自己原本很是嫌弃她又土又穷酸。

虽然她的背影看起来还是又土又穷酸，但江月已经不再介意那么肤浅的事了。

第二天在教室里见到剪年，江月对她的态度明显变了。

一下课就主动跟她搭话，还都是没话找话说的那种："早上在食堂怎么没见到你？""中午吃什么？和我们一起吃吧。""我们六个人一起聚餐，菜多又热闹，吃起来更香。你也来嘛。"……

时光不知道江月怎么突然间对剪年那般热情，不过他也想和剪年一起吃饭，所以江月发出邀请，他就在一旁点头表示："说得没错，是那么回事。"

安雨濛知道后就不干了，嚷嚷着说："你为什么邀请她？我不和'土鳖'一起吃饭！"

江月正要用他最擅长的哄女生大法安抚安雨濛，她却是气急了，大声质问："你干吗对她那么好啊？"

这句话一出，周围的人都安静了。

本来只是件小事，却引起了无关之人的围观。

这一刻"哄好安雨濛"这个想法，直接从江月的脑海里消失了，他有更重要的话要说："剪年是我的朋友，以后不要再这样说她，知道吗？安安。"

安雨濛气不过，哪怕是江月的要求，她也没办法马上答应。

她气呼呼地回到自己的座位上。

景山见她气鼓鼓的样子，小心翼翼地安慰道："安安，不要生气嘛。就算江月和剪年做朋友，你和她在江月心中的地位也是不一样的，他们才认识几天，我们可是一起长大的发小！"

安雨濛怒吼："就是因为刚认识几天，江月和时光都护着她，才让我特别生气！"

景山说："一时新鲜吧，剪年学习成绩好，又酷酷的不爱说话，他们觉得好奇，想多了解她吧。越了解越会发现，其实她就是个穷酸的土包子，到时候他们对她就没兴趣了。"

安雨濛满血复活，两眼放光地望着景山说："你真聪明，我怎么没想到这一点呢？江月身边的女生都对他很热情，剪年却总是冷脸对他，他当然觉得新鲜。对，一定只是好奇而已！"

景山附和道："就是，那种人怎么配跟安安比？"

安雨濛心生一计："既然江月要带她一起玩，那我刚好有机会接近她，然后戳穿她的真面目，这样江月就能早些对她失去兴趣了。"

景山赞同地说："这个方法可行！"

安雨濛保持着自己一贯的傲娇姿态，让同学帮忙递了一张字条给江月：刚才是我不对，中午吃饭你带上剪年，我会让大家和她好好相处的。

江月很快回了字条：我就知道安安最会体贴人。

安雨濛像只被顺了毛的猫，心里甜丝丝，开心地笑了。

中午放学，江月叫剪年一起去食堂。

换作别的女生，早就缠着江月问吃饭时能不能和他坐一起了，偏生剪年听见他的邀请，明显一脸嫌弃之色。

她冷冰冰地说："我不喜欢跟别人一起吃饭。"

江月惊讶地问："为什么？"

剪年蹙眉，然后瞪了他一眼，嫌他烦嫌得明明白白。她一个人径直去了食堂。

江月摸不着头脑，他是在认识她的第一天，说了两句冒犯的话，可后来再也没惹过她，还很努力地想要弥补自己的过错，对她既温柔又热情。

她那么聪明，肯定知道自己知错想改，努力地讨好她。

两人之间也没有大的矛盾和过节，江月实在不知道她为什么从不给他好脸色。

时光也猜不出原因，虽然剪年是真不爱说话，可也不是那么拒人于千里之外，而她对江月的态度和对别人更是不一样，她对江月要分外凶一些。

时光眼里的江月是个人见人爱花见花开的帅气少年，他从来没有在女生那里吃过瘪，甚至可以说在哄女生这件事上颇有手段。

兴许是第一次看到江月在女生那里遭遇"滑铁卢"，又或许是"损友"就是"把你不高兴的事情说出来让我高兴一下"，反正看到江月拿剪年一点办法都没有，他觉得有点好笑。

班上大部分同学还没有到达食堂，剪年已经买好二两米饭。

打菜的师傅都知道发育期的学生很能吃，她要的是二两米饭，实际上给的远远不止那么多。

剪年指着麻婆豆腐说："我不要菜，给我一点油汤可以吗？"

这所学校里家境富裕的孩子比比皆是，穷得买不起菜，只能蹭点油汤拌饭吃的学生,却只有剪年一个,所以自从她第一次这样打饭开始,整个食堂的工作人员都知道有这样一个学生了。

师傅二话没说,不仅给她舀了麻婆豆腐的汤,还送了她半勺红烧肉的汤,末了给她夹了一筷子青菜说:"送你,不要钱。"

剪年感激地说:"谢谢叔叔。"

她只花了米饭的钱,也吃得很饱。

剪年的生活费不多,买饭菜还是够的,但要买其他的东西就得跟家里再要钱了。

可人不只是吃饱饭就可以了,她还需要买书、买内衣,还要买卫生用品,这些事,家里没有人为她想到,而她只要开口要钱就会被骂。

她宁可自己省出钱来,也不想跟家里张口。

这样的伙食,能让别人知道吗?

江月约她一起吃饭是好意,于她而言却是一件绝对不能答应的事。

他越殷勤,她越觉得烦:吃饭这么私密的事,当然要一个人悄悄进行了,谁要你多事!

剪年买好饭以后,会到操场附近的树下找个阴凉地方坐着吃。

清风吹得树叶"沙沙"作响,阳光透过缝隙洒落下来,一地斑驳的光影。在这么美的地方吃饭,不管吃的是什么,都是户外野餐,况且今天还有获赠的青菜,她吃得有滋有味,乐在其中。

安雨濛见江月一副闷闷不乐的样子,心里很不是滋味,试探着问:"那个转学生是介意我上午说的话才不来和我们一起吃饭的吗?"

就算她心里有一百个不愿意,但是江月不高兴的话,她都愿意让步,于是很勉强地说:"要不然,我亲自去请她来?"

江月闻言马上说:"不是,不关你的事,她好像比较喜欢一个人……独来独往。"

安雨濛心道：难道她不是装酷而是真的酷到没朋友？

其实她一点都不在乎剪年是什么样的人，但剪年能影响江月的情绪，这才是让她心中警铃大作的原因。

正所谓"知己知彼百战百胜"，现在她连接触剪年的机会都没有，遑论"知己"。

看来，还是得找机会接近剪年，看看她到底是哪里引起了江月的注意。

下午上课的时候，罗老师高高兴兴地走进教室，迫不及待地宣布了剪年的作文要上报纸的喜讯，把她好好地夸赞了一番。

还说起当地日报正在为"小橘灯杯作文大赛"征稿，让班上的同学积极踊跃地参加，不用考虑自己是不是能得奖，要参与才有机会拿奖。

时光真心佩服剪年："你好厉害！等作文刊登出来了，我一定买份报纸留作纪念，以后跟人炫耀说我同桌的作文上了报纸。"

剪年浅笑了一瞬，表示听见了。

她看过的那些画面，可是一个人完整的一生。

现在她是比同龄人多了十几年人生阅历的状态，对于老师会喜欢的、想要的作文内容她很清楚。

只是没想到老师会把她的作文投稿给报社，更没想到会被刊登，最最没想到的是：有稿费！

她太需要钱了，老师说作文比赛她也要参加，万一运气好，再赚一笔呢？

她问时光："老师说的作文大赛，你参加吗？"

时光从没想过这个问题，他不擅长写作，平日的作文就是不功不过的水平，参赛这种事，在他看来是热爱和擅长写作的人才想要做的事。

可剪年问起的时候，他竟然莫名有些心动。

兴许是他的同桌能在报纸上刊登作文的事激励到了他，让他萌生出自己也可以试试的想法。

时光说："等下课了我们去罗老师那里问问具体的参赛要求，如果题材合适的话，我也想试试。"

剪年赞赏地笑了。

平时她都面无表情，难得见到她一笑，时光心中一喜，不自觉地跟着笑了起来。

江月在后排看得清楚，那两人聊得挺好，有说有笑，不知何故，他心中竟觉得不太舒服。

他伸腿踢了一下时光的凳子，时光像往常一样向后仰着脖子等他说话。

江月靠近了说："我只是伸伸腿，不小心踢到的，没事。"

剪年和时光看了参赛规则，按要求写命题作文——《变迁》。

这个主题没有多大难度，正因为如此，要写出彩就不容易。

剪年的丰富阅历是个宝藏，她很快就定下了内容。

时光觉得这个主题太宽泛，可选题材也很多，一时都不知道该写什么。

他看剪年已经是胸有成竹的样子，于是向她讨教。

他们明明是竞争对手，她却连一秒都没有犹豫，当即就和他谈起了他最熟悉的身边事：城南城市规划以后，村子里发生的诸多变化，就是你亲身经历过的变迁。

时光被她一点拨，很快就找到了一个非常特别的切入点，而且这个点还只有他才能写得好。

后来某天，罗老师喜笑颜开地拿着报纸到班上来宣布参赛成果。

剪年从自身经历出发，以进城务工人员高速增长所引起的城市和农村两方面的变迁为主题。

时光在剪年的指导下，写城市高速发展引起的环境问题，最终落点在生态保护的主题上。

结果时光拿到了二等奖，剪年拿的是优秀奖，两人的作文都被刊登出来了。

别的班一个获奖的都没有，罗老师带的班里有两个学生获奖。

这泼天的富贵，终于落在了他的头上，怎能不高兴得合不拢嘴呢。

剪年一脸的宠辱不惊，只淡淡地说："这次买报纸请买两份，送我一份，我要留存起来，以后好向别人炫耀，我的同桌作文写得比我还要好。"

英华学校在建校之初，因为费用问题，生源不够，每个班只有二十来人，那时号称"贵族学校""精英教育"实不为过，和公立学校动辄一个班六七十人比起来，确实算得上小班教育，优质服务。

可是这些年不断有转学生补进班里，现在每个班都扩员到四十多人了。

从一开始就在英华就读的学生是有排外心理的，学生增加了，老师依旧是那几个，每个学生获得的老师关注度自然会有所下降，现在班上同学就有点"后宫争宠"的意思。

剪年才转来，是最新的成员，不可避免地也遭到了全班同学的一致排外。

大家故意不搭理她，假装班上没有这个人，殊不知她比任何人都更加高冷。

剪年在班上从不主动和人攀谈也就算了，就连上体育课的时候，她都不跟任何人搭档，一个人热身、练习、参加考试。

如此不合群的"荒野一匹狼"，大家是真没见过，对她满腹疑惑又充满好奇。

时间推移，剪年以优异的成绩和各方面的良好表现得到了所有老师的认可和表扬，班上同学对她的态度也从一开始的排外变成崇拜。

人只有在排挤自己够得到的人时候才能发挥出排挤的作用，剪年站得太高，和大家不在一个平面上，根本就无从排挤，只能仰望。

优秀的人身边更容易聚集起人群，剪年所拥有的是大部分人没有的，那么和她做朋友就是一种"得到"而不会"失去"，她在班上的人气渐渐高了起来。

剪年的课桌上有一本《英语字典》，不管什么课，她基本都在翻阅字典背单词。中学的科目于她而言没有难度，但英语她忘得差不多了，需要提前准备。

同学们见她学得毫不费力，成绩却好得呱呱叫，很是羡慕她学得那么轻松，都想跟她讨教学习方法。

剪年根本就没有学，哪里来的方法？

实话实说，她看到题目就知道怎么做，但这种话说出来不是招人恨吗？

于是，她灵机一动说："可能是这个角落的风水好，坐这儿的人学习都挺好。"

如此离谱的理由，她自己都不信，同学们却信了。因为她成绩好得不可思议，用玄学来解释就显得非常合理，而且还为自己找到了充足的借口：不是我们不行，是我们的座位风水不好。

课间休息时，安雨濛总是去找江月玩，那天她走过去正好看见剪年匆匆跑出教室，而江月一直望着剪年的背影，目送剪年出了教室眼神都还没收回来。

她立即站在江月面前，阻断了他的视线，状似随意地说："我有个问题想问你。"

江月回神一笑："说。"

"为什么你对转学生那么感兴趣？"

江月有一瞬间的愣神，反应过来后，笑着说："她不是很厉害吗？安静不张扬，又聪明。每节课下课都有人来问，她有时间都会讲，没时间还会在放学后给别人讲，有耐心，还可靠，挺有意思的……"

安雨濛听他张嘴就夸剪年夸得停不下来，不高兴地说："长得那么丑，再优秀又有什么用？"

江月被那句"长得那么丑"震了一下，正要说什么，剪年已经回来了。

剪年今天一到班上就拿到了校服，她迫不及待地想要穿上，好不容易等到下课，赶紧跑去卫生间换上了。

英华的秋季校服是白色长袖衬衣和墨绿色格子裙，课间休息时间太短，她匆忙换上衣服，就赶紧跑回教室了。领口的大蝴蝶结都没弄好，此刻歪到一边去了。

江月第一次看到剪年穿合身也适合她年龄的衣服，明明是早就看习惯了的校服款式，穿在她的身上，看起来却有些不一样。

或许是因为，这是她迄今为止穿过的最好看的一套衣服，他想帮她调整到完美。

江月起身，绕过安雨濛，站在剪年面前。

安雨濛不解地望着他的背影，不知道他要做什么。

剪年的脑子很聪明，但动手能力却是极差。蝴蝶结这种东西，她能捆起来就不错了，好不好看就随缘吧。

剪年回座位的路被江月挡住了，他比她高一头，她的视线被完全遮挡，根本看不见安雨濛在他身后。

她和江月之间，本该有千言万语，但在两人正式认识以前，她脑海中突然多出来的十年记忆，让她感觉，他们之间的话都已经说尽了。

她现在只想全力避开那个已知的结局，在面对他的时候，她无话可说：不交流，就不会产生关系。

江月已经习惯了剪年的冷漠，他低头，垂眸，抬手，把她的衬衣领子立了起来，再把蝴蝶结压到领子下面，然后调整好。

他的手法流畅得剪年还没反应过来就结束了。

江月认认真真地看了一眼，满意地笑了，说："这样才好看。"

每当江月发自内心地笑起来的时候，那真是摄魂夺魄要人命。

人们常用"眉眼弯弯"来形容一个人的笑容，但这个词一点都不适合江月。他笑起来的时候，眼睛会变得更加明亮润泽，渐渐漾开的笑容带着嘴角上扬，继而露出雪白的牙齿。

江月没有太夸张的表情，不露齿的微笑是他日常的招牌表情，露出六颗牙齿已经是他笑容的极致。

真正的美男子就算只是安静地坐着，就已经是美好的画面。如果他愿意对谁微微一笑，那便犹如春风拂面了。若他高兴了，灿烂地笑，那是真当得起"春风十里，不如你"的。

剪年惊觉自己对江月的记忆竟然如此清晰。

十年很长，哪怕是亲身经历的当事人，怕是很多事情都记忆模糊了，而她却连他一颦一笑的细节都记得这么清楚……

她不应该记住这些无关紧要的事，最应该记住的只有——他是个极度自私的人，只在乎自己的需求，完全不顾她的感受。对她也说不上温柔，最重要的是，长大以后的他五毒俱全，坑了自己还害了她。

她应该牢记的明明是他的坏，可是看到他小心翼翼地靠近，想讨好她又有点不知道该如何下手的笨拙模样，跟她记忆中的那个江月完全不一样。

她对于改变自己的未来更有信心了，因为现在已经发生了很多她记忆中没有的事。

所以江月的未来是不是也可以改变？不会成为自私自利的渣男。

思及此，剪年乍然惊醒：他要成虫还是成龙，跟我一毛钱关系都没有，不要多管闲事！

"男女授受不亲。"剪年黑着脸，凶巴巴地说，"不要碰我，包括我的衣服。"

时光提醒道："上课了，快回座位。"

安雨濛目睹那样的一幕，气得嘴唇都快被咬出血了。

江月坐下后，一眼就能看见剪年领口的蝴蝶结，随着她的呼吸微微起伏，他看就像一只翩飞的蝶，在他的心里上下乱舞，一刻也不停歇。

秋意渐浓，操场上的法国梧桐开始落叶，一地脆生生的黄叶，踩上去"咔咔"作响。

剪年已经穿上了校服外套，坐在她熟悉的那张椅子上，一个人吃饭。

秋风吹卷着她脚边的树叶，沙沙地响着，很快就被吹远了。

饭盒里的米饭还剩下一些，已经凉透了。

天气越来越冷，在户外吃饭，保温就成了个大问题，她决定这周末回家给饭盒做个保温套。

周末回家，剪年翻遍了她的行李，找出一件旧棉袄，把衣服下摆拆开，揪出棉花，再将一条穿不成了的旧花裤子拆开，量着饭盒的尺寸裁下两块布。

方形的饭盒套她想都不想，工艺太复杂了，她一个手工废物，做不出来。

剪年能做个简单的夹棉口袋就不错了。她在两块布之间铺上棉花，然后上下缝针，收口的地方卷了一根绳子进去，再缝起来，一个系带的口袋就做好了，不仅能装饭盒，还能装水杯保温。

她试着提了提，手工不行，但她多缝了好几圈，质量应该还行，以后就靠它保温了。

她忙完了打开门出来，就听见奶奶开始了每天的日常——唠叨。

眼看快到午饭时间了，剪年居然关在房间里大半天，她就很不满："我小的时候，人还没有灶台高，就要负责给家里人做饭。大人都忙着干活，哪有时间管小孩子，家里的事情都得自己学着做。不像你现在的日子这么好过，平时你在学校里读书，饭菜有食堂做好，你只管花钱买来吃，放假在家又有你爷爷做饭给你吃，你的日子多么幸福哦。"

剪筠看动画片看得正专注，奶奶就坐在他旁边讲个不停，他早已习惯，一脸"不听不听王八念经"的表情，奶奶说她的，他只管面无表情地看电视。

剪年听懂了，赶紧去厨房了："爷爷，我来帮忙。"

就算她已经在厨房做事了，奶奶还是停不下来，絮絮叨叨地说个不休。

剪彦武常年不在家，一个月多则回来两次，少则一次，还是为了拿生活费给爷爷，吃顿饭就会离开，姐弟俩全靠二老照顾。

剪彦武是个偏听偏信的孝子，奶奶又很喜欢告状，剪年不敢惹她，所以不管她怎么念叨，剪年都当自己是个听不见的聋子，也当自己是个不会说话的哑巴。

奶奶正数落得起劲的时候，剪彦武带着一个女人回家了。

女人看着很年轻，二十来岁的样子，青春靓丽。

剪彦武只简单地跟家人说："妈，这是李思文。筠筠，叫李阿姨。"

李思文羞涩地打招呼："叔叔好，阿姨好。"

剪筠在爸爸面前一秒变懂事，电视也不看了，起身叫人。

剪彦武的出现，让家里原本以奶奶为尊的局面发生了改变。

从"严厉的奶奶"变成"慈祥的母亲"只需要一秒，奶奶对儿子嘘寒问暖，同时起身泡茶，又把水果全都拿出来，削好后，热情地让他们吃。

奶奶对李思文也是极好的："小李，你第一次来我们家，就跟在自己家里一样的，别客气啊。"

李思文："好的，谢谢阿姨。"

奶奶："我听彦武说起过你，早就想见你了，可算是来了。对了，小李，你家是哪里的呢？"

李思文："我家就在东城。"

奶奶："哦，你是城里人，家里有几个兄弟姐妹呢？"

李思文："就我一个。"

奶奶："独生子女啊。我们家彦武有三个兄弟姊妹，他是老大，从小就要帮着带弟弟妹妹，肯定能把你照顾得好好的。"

李思文羞涩地看了剪彦武一眼，半低着头，没答话。

剪年把洗好的花生放在茶几上，轻声说："李阿姨好。"

李思文来之前就知道剪彦武有一双儿女，却没想到姐姐已经是这么大的姑娘了。她还是个未婚姑娘，只比剪年大十岁，一想到要给这么大的孩子当后妈，一时有些不知所措。

奶奶见李思文满脸尴尬和不自在，马上教训起来："白长了这么大个儿，一点礼貌都没有，见到人都不知道喊！"

李思文忙说："喊了，阿姨，她喊过了。"

奶奶怒气难消，在客人面前还算收敛了，没说太重的话，只说："她没有喊她爸，真是白养她这么多年了，就是只白眼狼。"

第四章
岁岁平安，年年有余

剪彦武的孝顺是亲妈从小灌输和培养出来的，就算老人家的言辞已经算是漫骂了，他也不会在女朋友面前反驳亲妈。

剪家的儿媳妇是有规矩要遵守的，最重要的一点就是，婆婆说什么都是对的，儿媳妇是小辈，长辈要教训，只能听着、忍着，不能分辩，更不能跟婆婆对着吵。

据说，奶奶当年也是被爷爷的妈妈日复一日地数落着过来的，待到媳妇熬成婆，她已经完全是自己婆婆当年的做派，然后理所当然地把她遭受过的一切加诸其他女性身上。

剪年最怕听奶奶说她是"白眼狼""将来只会记着她姥爷家的好"之类的话。

之前她都沉默以对，就当没听见，现在奶奶当着爸爸和李阿姨的面说这话，扎心的程度比平日更甚。

剪年难堪得声音都颤抖了，说："爸，我去厨房帮忙。"

李思文看小姑娘眼含泪光，心中觉得有些可怜。可她才和剪彦武谈恋爱没多久，也不好插手他的家务事，虽然同情，却也不能为对方做什么。

剪彦武难得回家,爷爷特意把午饭做得特别丰盛,一家子围坐一桌,好不热闹,父子俩还喝了点酒。

饭后,剪彦武让剪年陪着剪筠写作业,他要小睡一会儿。

奶奶和李思文在客厅里唠嗑。

自从剪彦武离婚以后,奶奶就十分着急地要再为他物色一个老婆。

在奶奶看来,剪彦武才四十几岁,年华大好,长得一表人才,还很有钱,再找个媳妇是很简单的事,她最在意的是:这个媳妇可不可心。

剪彦武可以找自己喜欢的女人,但是这人也必须得过奶奶这一关。

首先要勤快、节俭、持家、孝顺,儿媳妇有没有工作不重要,关键是得把两个孩子带好,把两个老人伺候好。

二老身上都有慢性病,随着年龄的增加,身上的毛病只会更多。作为剪家的大儿媳,陪老人上医院,在病床前伺候,那都是分内的事,自不必说。

爷爷只买菜和做饭,家务一概不管,所以家里还需要人收拾打扫。

这个李思文,年轻、漂亮还高挑,外形上来说,强过剪年的妈妈一百倍。

可问题也很大,李思文是个城里人,又是独生女,奶奶对此不太满意。

她知道,城里姑娘一般都骄矜得很,在家多半都不做事,是被父母宠着长大的,肯定不如剪年的妈妈任劳任怨,好使唤。

从外表来看,李思文爱美得很,妆容精致,衣服看起来也很贵,以后在穿衣打扮上的花销一定不小。

奶奶在心里加加减减,这李思文也就是堪堪及格。

李思文是第一次谈恋爱，嫁娶之事于她而言太遥远了，根本就没想过要嫁给一个二婚男做孩子的后妈，她哪里知道，初次见面别人都给她打好分数了。

剪彦武一觉醒来就又要去忙了。剪年听到响动，带着剪筠从房间里出来送人。

面对一双儿女，剪彦武临别前教育道："弟弟还小，学习上要马虎一些，你当姐姐的要多帮他，监督他把作业做好，把好的学习方法都教给他。只管自己成绩好，是自私的表现，知道了吗？"

剪年点头应着，待到楼下传来车子发动的声音，这才回房间把门关上，继续辅导剪筠。

剪筠一见爸爸走了，再也不想装了。山中无老虎，猴子称大王。他马上打开电视，找动画片看。

奶奶一看剪筠那不知上进，只做表面功夫的德行就来气："你个没出息的，见到你爸就跟见到猫一样，吓得赶紧去写了几个字。他一走你就这样，你是要气死我！还不赶紧去写作业，看什么电视，再看我给你爸打电话了。"

剪筠害怕奶奶真的去打小报告，灰溜溜地关了电视接着写作业。

小学四年级的作业，乘除法题很多。剪筠做好的作业，剪年还得用竖式验算一遍，不亚于他的作业她都做了一遍。

数学他愿意做，还算好的，他写语文作业才是真正的灾难。

他不爱动手写字，组词、造句和根据原文填空的地方他都能空着。

剪年看了卷子说："怎么空这么多？"

剪筠："字不会写。"

剪年："会查字典吗？"

剪筠："会。"

剪年："那你翻字典组词好不好？"

剪筠："字典没带回来。"

剪年早就知道他借口多，所以不辞辛苦地把自己的字典背回家了。

剪筠看到姐姐掏出字典，气得干瞪眼，却又不得不开始翻字典。

太阳渐渐西斜，当落在剪筠作业本上的阳光不再是金灿灿的而是变得有一点泛红的时候，他终于做完基础题，开始做拓展题了。

起初让他查字典的时候，他很是不情不愿，但是经过剪年的引导和鼓励，甚至不怕麻烦地把成语的典故讲给他听，就为了让他记得牢一点，他渐渐就没那么抗拒了，甚至对语文学习还产生了点兴趣。

最后一道大题要求学生写三副对联，题目很长，讲述了对联的产生、发展和作用，让学生抄写三副不一样的对联。

剪筠是个懒人，连题目都没完整读一遍就说："我不会写对联。"

剪年跟他讲解："不用你想对联，你出门逛一圈，家家户户门口都有贴，把内容抄下来就算完成。"

剪筠已经写了几个小时的作业，他从来没有这么认真地学习过，都说不想写了，姐姐还逼他，烦躁的情绪一下爆发，他大哭了起来。

奶奶听到哭声，担忧地冲进房间，拉着剪筠的手说："乖孙不哭啊！这什么劳什子学校，作业布置这么多，写一个下午都写不完！"

剪筠听见奶奶维护自己，顿时哭得更大声。

奶奶心里难受得紧，知道不管再怎么责怪学校，学校又听不见，也不会有回应，于是转头就骂近在身边的剪年："你弟不写就不写嘛，你干吗逼他？把他逼疯了，对你有什么好处？写写写，写了几个小时了，还写，他要是被逼出个好歹来，你也别想好！"

剪年对这样的事已经麻木了，她若计较或是往心里去，就是给自己找不痛快，所以她在练"左耳进右耳出"技能，一个字都不想记住。

奶奶骂完孙女，心中的怨气得到了发泄，舒畅了一些，柔声对剪筠说："乖孙不哭了啊，奶奶带你出去走一走，我们去外面呼吸新鲜空气，清醒清醒脑袋。"

剪筠哭着站起身说："我要吃冰激凌。"

奶奶一迭声地应着："好，好，奶奶给你买冰激凌，走，走。"

剪年站在阳台上，看奶奶带着剪筠到对面广场上去了。她经过客厅的时候，看到爷爷，说："爷爷，我出去散步，一会儿回来帮忙做饭。"

漫步到河堤上，枝繁叶茂的迎春花藤上满是灰尘，此时河风吹在身上已经很冷了，所以河道上没什么人。河水混浊，流水迢迢，看着有些萧瑟。

吹了好一会儿冷风，她终于吐出一口浊气来。

就算下定决心要将忍耐进行到底，可当这些记忆中的事情一件一件发生的时候，她能在奶奶面前忍住不发作，却无法真的不在意。

时光挎着一个菜篮出门，看到剪年望着河水出神，他仰望着她，说："嗨。"

剪年看到他的时候，一下就笑了出来。

河堤的石栏杆上有各种雕刻，舞狮、舞龙、宝珠都有。

剪年趴在一颗很大的石球上，静静地望着他，眼中全是笑意。

不管时光是现在这般略显困窘的家境，还是拆迁之后钱财不愁的富贵，抑或是他事业有成身为大老板时的成功，他从始至终都是这般云淡风轻的模样，对人也是一如既往的平和温柔。

在成功了以后还清楚地记得自己是谁，不骄傲不膨胀，恪守本心，待人以诚，这样的人不是少，而是稀有，剪年就只遇到过一个时光。

她见过自己为江月的美色着迷，为他一个人要死要活，全然看不见其他人的状态，现在想来，比江月更好的男生就在她身边，她却有眼无珠看不见。

没有吃过爱情的苦的人，就算知道对方是个"渣男"，也还是一腔孤勇，一往无前。剪年现在也算是看透了，任何人都不值得她牺牲一切去迎合。

两个人在一起，要么一起成长，要么各奔东西，她这一生绝对没有"一起堕落"这个选项。

她心念一动，主动问："要帮忙吗？"

时光指了指旁边的楼梯说："下来，我弄些菜给你拿回家吃。"

来巧了不是，还有得拿。

剪年一溜小跑下去，见那一地的小白菜长势良好，夸赞道："不错啊，这里的土还挺肥。"

时光挑长得壮的菜一棵一棵地扯起来："白菜好种，种子往地里一撒，浇水就长，二十来天就能吃了。我家才三口人，根本就吃不完。以后放假了你直接来扯，帮着吃一些。"

剪年问："小白菜是你种的？"

时光："是我种的。"

剪年笑着问他："上次你参赛的作文里有写，河边的居民减少了以后，白鹤增多了。你这小白菜，不会是用白鹤的粪做肥料才长得这么壮实吧？"

"噗……"时光笑出了声，"这里的土壤肥沃是因为夏天涨水的时候会有很多有机物被冲刷上岸，我把那层软泥铲到地里来就是天然肥料。"

时光摘满一篮子菜，走到河边把菜根上的泥土洗干净，又随手扯了一根水草把菜扎得整整齐齐，转身去屋里拿了个塑料袋装上，递给剪年说："天快黑了，你早些回家。"

剪年还是第一次从正面看时光家的房子，抬高了的木质小屋，木楼梯走起来"吱呀"作响，被潮湿的河风吹了多年以后已经变得深黑的木门，门边的大红对联褪了颜色，已是粉白色。

时光留意到她好奇的目光，偏头看了眼黑灯瞎火的家里，不好意思地说："下次你早点来，我还可以请你到家里坐会儿。现在我不好留你，怕你家人担心。"

剪年扬了扬手上的菜说："我也该回家做饭了，谢谢你的菜。"

时光："不客气，随时来摘。"

已经被全班同学定位为"酷姐"，沉默寡言，不喜与人交往的剪年同学，毫不客气地应道："好。"

时光觉得很高兴，她愿意接受他的好意就是待他与别人不同，真正的朋友都是从不跟对方假客气开始的。

剪年空手出门，却拎回一捆菜。她只说是附近的同学送的，奶奶难掩欣喜地夸她："知道往家里拿东西就对了，怕就怕女大不中留，什么东西都只知道往别人家里拐。"

剪筠的脸上沾了一点巧克力，剪年接水给他洗了脸和手，转身去厨房帮忙做晚饭。

不一会儿剪彦武又破天荒地回家了。他看起来还很高兴，把剪年叫出来说："李阿姨下午去给你买了一身衣服，你看合适不合适。"

这是剪年记忆里没有的事，于她实在是意外的惊喜。

要说现在的她最缺什么，还真是钱和衣服。

她欢喜地换好新衣服走出来。那是一条浅棕色的毛呢裙，胸口是泰迪熊图案。这是她除了校服以外唯一合身的衣裳，此刻她脸上是难掩的开心。

奶奶见剪彦武没有再拿出别的东西来，不满地哼了一声说："小李也真是的，家里明明有两个孩子，怎么就只给大的买不给小的买呢？这城里的独生女就是不会为人处世，只有剪年有新衣服穿，筠筠心里该怎么想？"

李思文自己都还是个小姑娘，对孩子更是毫无概念，只是看到剪年身上穿的衣服明显不合身，款式又太成熟，像是大人的旧衣裳。想起自己像她这般大的时候是很爱美的，又念及剪年没有妈妈关心爱护，剪彦武一个大男人，不懂照顾小女孩也正常，于是离开这里后就去给剪年买了一身衣裳。

她本是单纯的好意，结果在奶奶看来却是办事不周到，也是有冤都没地儿说。

剪年一听奶奶那样说，瞬间收敛了喜色，赶紧换下了那身衣服，默默去厨房忙活了。

她在厨房里也能听见奶奶在跟爸爸抱怨说剪筠没有人关心，太可怜了的话。

剪彦武在看《新闻联播》，听得烦了就说第二天带剪筠去买新衣服。

奶奶闻言才终于消停了，开始削水果吃。

第二天大清早剪彦武就被一个电话吵醒，赶忙开车回公司去忙了，昨天应承下来的事就没能兑现。奶奶怨念地念叨了一整天，说她现在人老了，不中用了，儿子也不听她的话了，她说话没有分量了……

剪年真心觉得奶奶的记忆力好，精力也旺，天天自导自演，不亦乐乎。她没去唱戏，是戏曲界的一大损失。

半下午的时候，剪年正在收拾东西准备返校，突然有人敲门，来的是剪年妈妈的好朋友吴敏阿姨。

吴敏和剪年的妈妈关系好得像亲姐妹一样，以前是剪家的常客，自从两夫妻离婚后，她就再也没来过了。

她带来一个大麻袋，放在客厅里说："这是田姐从外地寄来的包裹，说是给孩子们买的一些衣服，东西有点多，怕你们拿不动就寄到我家了，我刚收到就给送来了。我这还有生意要忙，先走了啊。"

吴敏的丈夫本是个有钱的大老板，后来玩股票，听信别人说的内幕消息，钱越投越多，却只见进去不见出来，最后把自己的资金链都给搞断裂了。

眼见丈夫靠不住了，嫁人后一直是十指不沾阳春水的富太太，每天最累的事情也就是打几圈麻将的吴敏站了出来，挑起生活的重担。

她用自己的私房钱买了一辆面包车，开始做生意。不管是载人还是拉货，她能从早跑到晚。

夏天穿雪纺裙，冬天穿貂皮大衣，同行都看不懂——这个女人一件貂比她的车都贵，何苦来做司机这么辛苦的工作？

这就是吴敏衣橱里的寻常衣裳，她是个能屈能伸的女人，做得了富太太，也养得了家。

她很同情田姐人到中年被夫家嫌弃，强迫离婚，可人家夫妻感情的事，她始终不方便插嘴。

田薇离婚后无处可去，是吴敏收留了她，又托关系让朋友带她去沿海打工。

做妈妈的想孩子，拿到工资以后，钱都花在给两个孩子买东西上了。

剪年拆开麻袋，里面有很多衣服，多是冬天的厚衣服和裤子，除此之外，还有很多个不同款式的女用包包。

她把衣服分类，男生的就放剪筠的衣柜里，女生的就收在阳台上的尼龙袋里。

剪年正要收拾那些漂亮的包包时，奶奶催促她："你看看几点了，还在这里磨蹭，不怕上学迟到？"

时间确实有些晚了，她又听见时光在楼下叫她上学了。

十几个颜色和款式各异的包包摆满了整个沙发，这种装饰性的挎包也不能在学校用，只能装回麻袋里，等周末再回家收拾。

妈妈在包裹里放了一封信，剪年到了学校才有时间看。妈妈现在在沿海某市打工，她有织毛衣、钩花和缝纫的技术，很容易就在服装厂找到了工作。

妈妈很想念他们姐弟俩，只是远隔千山万水，来去路费实在太贵，没办法回来看他们，就把省下来的钱买了东西寄给姐弟俩。她说想姐弟俩想得厉害，睡不着的时候就给他们织毛衣。

她说自己工作的服装厂很厉害，做的都是出口国外的高级货。还说她学会了新的钩花样式，现在连女士背包都会钩了。她自己买了好看的线，把学会的花样每样做了一个给剪年，让她挑自己喜欢的包包背。

剪年看信看到泪眼蒙眬。

她脑海中有关于这个包裹的记忆，只是当年的她因为爹不疼妈不在，日常和奶奶吵架，和弟弟争宠，觉得自己是全世界最委屈的人，所以在收到包裹的时候，她心里充满了愤怒，完全体会不到妈妈的爱，也一点都不体谅妈妈的难处。

　　加之奶奶总说她将来长大了要去认妈妈,爸爸就是白养她的大怨种,导致她认为自己遭受的一切痛苦,都是源于妈妈的离开。

　　现在的她已经能理解妈妈离婚以后无家可归,没有收入养活自己,不得不远走他乡谋生的不易。也懂得了妈妈把辛辛苦苦赚到的钱,全都花在她和剪筠身上,意味着怎样伟大的母爱。

　　时光见剪年无声落泪,不知所措,小声关心道:"你……没事吧?"

　　话一出口,他就后悔了:我太笨嘴拙舌,都不会安慰人。

　　剪年转脸望着他,眼中蓄满泪水。教室里的日光灯很亮,映照着她的眼里像有细碎的星辰。

　　时光此前从没有这样定定地看着女生哭,不知道是不是所有女生哭的时候眼睛都这般漂亮,他只知道,剪年笑起来的时候,眼泪从眼眶里滚落出来,像流星划过天际,留下一条泪痕。

　　剪年的声音还在发颤,说的却是:"我没事,只是收到我妈的信,正想着怎么给她写回信。"

　　时光闻言愣住,正常的母女联系,不需要写信吧?

　　他默默收回了目光,低头,认真地逐字逐句地背诵语文课本上的古诗词。

　　有些伤痛和悲喜,超越了现在的他能理解和应对的范围。

　　可他有朝一日终会长大,当他能承受剪年经过的所有悲喜的时候,不知道她是否还愿意将它们展露给他看。

　　剪年给妈妈写回信,她知道身在异地他乡,最大的感触就是孤独,于是写了她和剪筠的一些小事,最后说了收到礼物的高兴和感谢,让妈妈注意身体,钱赚多赚少没关系,最要紧的是健健康康的。

写信的时候，剪年又回忆起一些事情来。

记忆中的她对妈妈寄来的东西不上心，粗粗看过一遍后直接丢在沙发上就走了。

周末回家一清点，总感觉收到的包好像少了几个，奶奶骂她没收拾，丢三落四的还好意思说东西不见了，就是活该。

后来剪年去姑姑家里玩，看到一个背包和她的很像，只是姑姑的那只包更精致，扎包口的绳子上还串了些好看的珠子，包身上还有几朵彩色的小花，这些都是她那只包没有的。

剪年觉得有些奇怪，因为妈妈说那些包都是出口商品，她刚刚收到包裹，姑姑马上就有一个类似的包，时间未免太巧。

后来又发生了一件事，印证她的猜测是正确的。

几年后，妈妈才回来了一次看姐弟俩。

她想让剪筠穿她织的毛衣，结果翻遍了衣柜也没找到，奇怪地问："我给筠筠织了一件棕色和一件绿色的毛衣去哪儿了？"

两个孩子都没见过她说的毛衣，奶奶在旁边像是忽然想起来了什么，极不自然地招呼刚好在剪年家里玩的剪猱："猱猱，来把外套穿上，小心感冒。"

田薇眼尖，看出来剪猱穿的毛衣就是她织的，于是问："猱猱，毛衣是你妈妈给你织的吗？"

剪猱就是个半大孩子，到现在也没搞懂"离婚"是什么意思，见到剪年的妈妈还是喊她"大妈"。他如实回答："是奶奶给我的。"

田薇就知道是这样，故意说："这件毛衣的花纹这么好看，我还想跟你妈妈讨教一下织法呢。"

奶奶在旁边脸色变了变，田薇终究没有追究前婆婆把她给儿子织的新毛衣拿去送给剪筚穿的事。

发生了这样的事情以后,田薇还教剪年:"奶奶这些年照顾你们姐弟俩,是很辛苦的。不管她说的话好不好听、做的事你喜不喜欢,都不要跟她计较,要对她心存感激,这就是对老人家的尊重和孝顺。"

剪年也算是两世为人了,前前后后的事情一联系,就猜到了,一定是奶奶把妈妈寄来的东西拣了些好的出来,送给自己的女儿和二儿媳妇了。

她和剪筠都是没妈照顾的孩子,爸爸连回家都少,更别提父爱了,根本就没有。

她半年或是一年,才能感受到一次母爱,奶奶却觉得他们得到的东西实在是太多了,多到需要送一些给别人的地步。

姑姑是能自食其力的大人,剪筚家的条件比剪年家只好不差,而且只有一个独生子。

剪年不懂,明明什么都缺的人是她,为什么在奶奶看来,她已经拥有得太多,多到有富余的要送给别人?

可即便如此,剪年还是像妈妈教过她的那样,不怨恨奶奶。

剪年的信给了妈妈很大的心灵安慰,她的精神状态明显好转了许多,能吃能睡,开心多了,后来两人就维持着一定频率的书信来往。

每天忍着口腹之欲省下来的菜钱,剪年是准备在明年春天的时候,给自己买内衣的。

可是妈妈比内衣更重要,她把省下来的钱都花在寄信上了。这也是记忆中没有的开支。

一学期倏忽而过,剪年每周都和六人小队一起上学和回家。除了时光,她和其他人的感情依旧毫无增减。

若是不了解他们，为了融入小团体，她定会使出浑身解数讨好他们，可她太了解他们了，清楚他们有多势利眼，知道在江月堕落的道路上，他们也发挥了作用。

剪年打心底里就不喜欢他们，就算走在一起，也并不搭理。

江月就坐她后桌，日常不可避免地会有接触，她强硬地把两人的关系止步于"认识的同学"。

安雨濛对剪年还是一如既往地讨厌，就差说出"有她没我，有我没她"的话来。

天气越发寒冷，北风呼呼刮过，将世界变得更加萧瑟。

剪年吃饭的速度与日俱增，现在都练出一套快速吃饭技巧了。

她买完饭从食堂出来就开始吃，一路走到寝室门口刚好吃完，回宿舍洗饭盒，节奏流畅，手法娴熟。

期末考试结束，寒假开始。

六人小队兴奋得不得了，约着一起出去玩。

剪年知道他们的活动内容，以前削尖了脑袋想参加，现在则是想破了脑袋地找拒绝的理由。

平日稳重寡言的时光不知为何显得特别期待，他热情地跟剪年说："终于放寒假了，你就跟我一起放松一下吧。每次约你一起玩你都说有各种事不参加，这次再不聚，再见面就是下学期了。"

时光说的话剪年是不信的，大家住得那么近，寒假约一约在一起玩是很容易的，完全不用等到开学来班上见面。

剪年不参加他们的聚会，当然不是因为没时间。

她囊中羞涩，怎么参加？

两个肩膀抬张嘴去蹭吃蹭喝吗？

时光这时也想到了钱的可能性，毕竟她日常就散发着一股"没钱"的气息。

他小声说："其实，今天是我生日，我请客，你可以赏脸一起吗？"

话都说到这个份儿上了，剪年也不好再拒绝，只能答应了。

大家收拾好东西，回家放行李，换上私服，情绪高涨地赴约去了。

妈妈寄来的衣服有个大问题，就是颜色都特别的鲜艳，不是明蓝色竖条纹就是艳粉色横条纹。

剪年就不是安雨濛那种可爱公主型，没办法穿这么明艳的颜色，万般无奈之下，她还是只能穿李阿姨送给她的那条棕色毛呢裙。

她多出的十年记忆，在穿搭这块的助力很大。

棕色裙子、运动鞋，再配上学校的藏蓝色呢料外套。

小腿是最纤细的部分，露在外面显得纤瘦高挑。

背上一只妈妈亲手做的驼色背包，时尚又别致，英伦范儿永远青春无敌。

安雨濛见到剪年的时候简直不敢相信自己的眼睛：我们学校的校服外套有那么好看吗？

江月和时光对视了一眼，两人想到剪年可能会穿校服来参加聚会，为了不让她一个人尴尬，虽然他俩都换了衣服，但是特意选了藏蓝色的上衣和黑色裤子，完全就是复制了男生校服的配色。

安雨濛穿了一件超级可爱的大红色兜帽上衣，领口一圈雪白的兔毛，她看起来就像中国娃娃一样可爱。

本来安雨濛对自己一身名牌衣服十分满意，今天穿就是想要出尽风头，结果那三个默契地都穿了藏蓝色的衣服，她有种被排挤在外的感觉。

时光跟剪年穿得相不相似，安雨濛根本不在乎，可江月为什么要跟剪年穿一样颜色的衣服？

若是故意的，真是要气死她了；若不是故意，那更可怕，说明他们心有灵犀。

安雨濛不开心，一路上嘴巴翘得老高。

江月见状，主动赞美："安安，你的新衣服很可爱，就像是专门为你设计的。穿得这么漂亮，怎么还不高兴了？"

安雨濛不高兴很久了，江月现在才注意到她有情绪了，一时间委屈涌上心头，她跟江月撒娇："心情不好。"

江月哄她："今天时光过生日这么开心的事，又可以吃又可以玩，我陪你玩尽兴，不要心情不好啊。"

安雨濛发现江月对她还是颇为紧张，心情顿时好了不少，可还是没完全消气。

她任性地指着路边一家饰品店说："你买那个给我，我的心情才会好。"

江月抬眼看到她指着的橱窗里摆放着一串宝蓝色的手链，他连价格都不知道就说："行。"

大家都走进店里，安雨濛终于笑了，开开心心地试戴。

深蓝色的青金石里面有像天上的繁星一般细碎璀璨的星光，凝神盯着那串手链看久了就有种将星辰戴在手腕上的感觉。

安雨濛正陶醉在江月要送她礼物这件事情里，漂亮的手链在她雪白的细腕上熠熠生辉，这让她心情大好。

江月忽然轻声唤道："年年……"

声音不大，但大家都听见了，皆是一愣，纷纷看向他。

而剪年，因为记忆中的江月一直都喊她"年年"，喊了那么多年，她对这个称呼有着下意识的条件反射，第一时间就应了声："嗯？"

两人一来一往，自然流畅得像是一直都这样称呼彼此一般。

全场安静得呼吸可闻。

"有余……"江月抬头，对着纷纷蒙圈的大家说，"这个双鱼玉佩叫'年年有余'。"

许坚白第一时间有反应："你说话不要大喘气嘛！"

剪年只有一瞬间的惊诧，很快恢复如常，仿佛那一声"嗯"根本就不是她答应的一样。

虽然是个误会，但剪年动容的样子难得一见，江月是想要看看她的反应才故意"大喘气"的，结果她未免太快恢复平静了，他心有不甘，于是笑着说："年年这个称呼不错啊，安安和年年，都很好听。"

江月居然拿她俩相提并论，直接激怒了小公主。

安雨濛取下手链，"啪"一声拍在玻璃柜上，不高兴地说："不要了。"

江月不解地问："你不是喜欢吗？怎么不要了？"

安雨濛气呼呼地说："戴上才觉得老气得很，一点配不上我。"

江月无所谓地说："那再看看别的？"

安雨濛心情不好的时候就爱花钱，买东西可以转换心情，于是真去看别的首饰了。

江月小声对剪年说："年年也选样喜欢的，我送你。"

剪年见他居然还打蛇随棍上地跟自己套起了近乎，他那一脸纯良无害的笑容，更是让她气不打一处来。

她冷声说："江同学，请你叫我的名字，我和你并没有好到可以叫昵称的程度。"

江月挑眉,马上顺从她意地改口:"好的,剪年同学,你可以选一样喜欢的东西,我送给你作为新年礼物。"

剪年知道江月是今朝有酒今朝醉的性子,任何时候都花钱如流水,从来不考虑明天该怎么生活,未来,他还会胡天海地败光所有家产。

——金钱观是可以培养的,江月还小,三观还没定型,如果从现在开始引导,他的未来是不是也会不一样?

这个想法冒出来的时候,剪年在心里狠狠地给了自己一个耳光:我一定是疯了才会想要帮他,祸害不能惹的意思是一旦惹了就会引火烧身。我自身难保,还妄想改变他的未来,真是痴人说梦。我光是要过好自己的人生都得拼尽全力,哪有余力帮他?

第五章
你来人间一趟，要看看太阳

　　江月见剪年定定地望着自己也不说话，主动拿起一串雪白的贝壳手串问："试试这个，上面还有条小鱼，和你多配啊！年年有鱼。"

　　剪年回神，看见江月正要往她手上戴手链，抬手拍了一下他的手背，未来得及细想，脱口而出："钱又不是你赚的，用妈妈的钱给女生买礼物算什么本事？你要是自己赚钱买给我，那我一定不推辞。"

　　时光就在剪年身旁，听她那样说，若有所思。上次送蔬菜给她，她高高兴兴地收下了，是因为菜是他亲手种的，算他的本事？

　　江月只愣神了一瞬，对剪年的粗暴行径并不生气，只是一脸天真地解释："我妈妈的就是我的啊！"

　　剪年转身走了，丢下一句话："你想靠你妈妈到什么时候？"

　　安雨濛听剪年那话，是江月主动送她东西她都不要，而自己却是主动要求江月给买的，顿时觉得好生没意思，当即丢下手上的东西，不想买了。

　　江月问她是不是没有喜欢的款式。

　　她嗫嚅着说："剪年说得对，我让你买东西给我其实花的是阿姨的钱……"

这是安雨濛第一次叫剪年的名字，而不是称其为：转学生。

小公主不买了，大家也都往店外走，出来才发现剪年还留在店里，她稍微多待了两分钟才出来。

时光订的餐厅就在附近，剪年进去一看装潢和格调就知道，消费绝对很贵。

六人小队里，时光家的条件最差，但是很明显，他请客是以小伙伴们的消费水平为基准来办的。

剪年真的很佩服时光，不管何种经济条件下，他都没有露过怯，做人沉稳，做事得当，怎么会有人从小就如此优秀啊？

而她记忆中的自己在干吗呢？

忙着和安雨濛争风吃醋，一心想要讨好江月，完全没注意到时光是言行举止如此得体的人。

剪年记忆中有和安雨濛为了谁能坐在江月身边明争暗斗的画面，简直让人无法直视。

她这次最先坐下，反正是来蹭饭的，不管挨着谁坐都不妨碍她多吃点！

时光顺势在剪年身边坐下，江月不动声色地坐在她另一边，安雨濛紧挨着江月坐下。

没有发生抢座位的事，一切太平，气氛挺好。

菜上得很快。

有一道红红翠翠的凉拌三丝从剪年面前转走了，那么漂亮的一道菜，看着就好吃，但是转了一圈下来居然没有一人夹它。

是大家都不爱吃吗？

剪年爱吃啊！

等凉拌菜再转到她面前的时候,她夹了一大筷子,美滋滋地一口闷。

江月正想提醒她,可已经来不及了。

三丝入口,有一种奇妙的清香。

因为加了香菜的关系,其他味道都被它霸道的特殊香气压住了,剪年细细品尝,然后下一秒就觉得:我要死了,要死了!

不知道是不是厨子手滑,这道菜里的芥末含量严重超标。

她含着一口菜,吞也不是吐也不是,芥末的味道无法阻挡地穿过鼻腔,直达脑门。

为避免引发喷菜的悲剧,她依靠坚强的意志,硬是把嘴里的菜咽了下去。

那冲击脑仁儿的特殊味道和红油的辣味,一路袭击着她的喉咙,直到胃里。

江月望着她泪如泉涌的样子,同情,但无法帮到她丝毫。

这是剪年生平第一次吃芥末,量还挺大,身体对它的反应十分剧烈。

她泪如雨下,鼻涕决堤,最恐怖的是,那刺激还在持续,没有要结束的意思。

江月递了杯橙汁给她漱口,她以为喝些饮料就会好,于是灌了一大口下去,顿时一股清凉的感觉直透心脏。

她觉得自己的嘴巴、鼻子和眼睛仿佛都成了骷髅那样的空洞,冷风毫无阻碍地刮进她的身体里,整个人都凉透了。

她不知道饮料是谁给的,但那个人可能想要她的命。

江月见她痛苦地捂着脸,担心她摔倒,好心地扶住了她的肩膀。

剪年难受得紧,突然感觉到熟悉的气息,身体下意识地就靠了过去,难受地说:"好冲啊……"

安雨濛看到剪年涕泗横流的狼狈样子，本来在心里大笑她是个山炮，芥末口味的菜敢一口吃那么多，怎么死的都不知道。

现在看剪年靠着江月，才知道什么叫因祸得福，顿时恨不得吃那碟凉菜的人是自己，那么现在靠着江月的人就是自己了！

江月撑着剪年的重量，轻拍着她的后背说："没事，很快就好了。"

芥末的刺激没有解法，只能等它自然地过去。

剪年听见是江月的声音，马上坐直了身体，泪眼蒙眬之中，根本看不清他的脸。

江月扯了几张纸巾，叠得整整齐齐，在她脸上轻轻按压，帮她擦掉眼泪，笑着说："这个菜我也上过当，是特色菜，也是个坑……"

剪年身体后仰，尽量远离他，扯过他手上的纸巾，慌乱地抹着自己的脸说："我没事。"然后不情不愿地补了一句，"谢谢。"

江月笑着说："肩膀而已，随时可以借给你靠。"

安雨濛闻言一下就凑过去了，说："那借我靠一下。"说着就偏头要挨上去。

江月面前的纸巾刚好抽完了，他站起身去拿时光面前那一包。

安雨濛一下靠在他的胯骨上，撞得脑门疼。

江月拿到纸巾就开始擦剪年沾到他衣服上的眼泪鼻涕，然后对望着他们三人看的小伙伴说："你们不吃饭都看着我干吗？虽然我帅气又迷人，难道光看就饱了？"

男生们纷纷"喊"了一声，大吃起来。

江月这才转脸问安雨濛："想吃什么我帮你夹，再不吃可要没了，你看他们好凶残。"

安雨濛瞬间多云转晴，又高兴了起来："虾，你剥给我吃。"

"好。"

江月瘦成那样，就是因为胃口不好。他伺候完小公主，稍微吃了几口就去洗手间了。

剪年平日就很沉默，今日更甚。

她恨自己。

明明已经下定决心不要和江月再有牵扯，但身体的本能反应和惯性思维真的很难控制。当她痛苦地缩成一团的时候，他的肩膀竟然成了可以给她安慰的地方，这可真是个糟糕的发现。

时光见剪年兴致缺缺的样子，严重怀疑今天的菜不合她的胃口，他说："我帮你盛碗汤。"

剪年正想拒绝，就听几个男生起哄说："时光，我们也要汤！"

时光盛了热汤给剪年："不好意思，你吃不惯这里的菜吧？汤蛮好喝的，没什么怪味，试试看。"

他好脾气地给小伙伴们都盛了汤，小伙伴们学着大人的样子，在轻叩桌面，以示道谢。

小时候，我们总是迫不及待地想长大，喜欢学大人的做派。真的长大以后，却希望自己能永远做小孩儿：有人关心、有人保护、有人倾听自己的委屈和不满，有人可以依靠……

大家都吃好以后，时光让服务员买单。

服务员出去了一会儿回来说："已经结过账了。"

时光想到中途只有江月离开过，于是问他："多少钱？我给你。"

江月已经穿上外套，拍着他的肩膀说："怎么，我想请寿星吃顿饭也不行？今天这么点儿背吗？女孩子不领我的情，兄弟也拒绝我的好意？"

时光面对江月一脸清浅的笑意，心知他是真心为自己考虑，有好友如此，他应该感到高兴，于是领情地说："谢谢。"

　　好意和施舍在本质上其实没有区别，区别只在于人心，而人的自尊心又是特别别扭的东西，所以好意往往并不一定会被人接受。

　　时光能感受到江月是好意，不作他想，说明他心思纯粹，也很难得。

　　江月一把抱住时光，拍着他的背说："生日快乐，兄弟。"

　　饭后去唱歌，剪年知道这群人都是麦霸，唱尽兴了才会走。

　　她想早点回家，可也不好吃了饭就走人，只好随着大部队一起去了。

　　时光点了好多小吃，安雨濛挑挑拣拣地觉得那些超市里能买到的大路货都不对她金贵的胃，一样都相不中，只喝饮料。

　　吃饭时的突发事件让剪年心乱如麻，导致她后面吃得心不在焉，没有吃饱。

　　她不唱歌，抱着一篮子爆米花，远离大家，吃得"咔嚓"作响。

　　江月和张鸿儒是麦霸中的战斗机，每次唱歌都宛如开个唱，要等他俩唱累了才轮得到别人上场。

　　江月把沙球、摇铃和鼓掌用的道具全塞进小伙伴们的手里："现场的观众请投入一点，让我看到你们热情的双手！"

　　他唱歌的时候不许别人玩自己的，强迫大家看他表演。

　　剪年将一篮子爆米花吃得见底，她认为这就算是完成社交礼仪了，这时候告辞是可以的，也是礼貌的。

　　她轻碰了下时光的胳膊，在他耳边说："跟我出去一下，有事跟你说。"

　　两个麦霸入戏很深，正在深情对唱："越过……"

　　两人来到包厢外，周围一下就安静下来了。

剪年从外套兜里摸出一条手链，几根黑线编织成一股的绳子上固定着一颗黑玛瑙，最简单不过的款式。

她说："刚才在那家店里看到有单卖的黑玛瑙和绳，就选了一颗穿上了。黑玛瑙是你的幸运石，希望它能给你带来好运。"

时光闻言就将手腕伸到她面前，还把袖子撸起来了。

剪年为他戴上，调整好位置，如释重负地说："太好了，我估着选的绳子，还好大小合适。"

这是时光第一次收到首饰，手上突然多出一条链子，心中便时时想着那里有个东西。那东西是一个女生送给他的，还祝他好运。

在这天寒地冻的日子里，他心里暖洋洋的。

礼物已经送出，再没什么事了，剪年和时光告别："你快进去吧，我就不进去了。我跟家里说晚上八点前会回家，所以要先走。"

时光点头说："那我先送你回家再过来，他们一时半会儿不会结束。"

剪年摆手拒绝："不用不用，就一站路程，我很快就走回去了。"

时光望了眼窗外，冬日夜晚，天黑以后街上的行人就很少了。

他坚持道："走吧，我送完你再跑回来，他们都不见得会察觉到我离开过。"

剪年拒绝不了，只好让他送。

一站路程，二十分钟就能走完。

两人聊着天，呵出的团团白气飘散出去，氤氲了彼此的面容。

时光有些感慨："寒窗苦读十二年，如果是和大家一起的话，这件事也显得好像没有那么辛苦了。"

时光很优秀，从始至终都有明确的目标，也一步一步踏踏实实地将它们全都实现了。

两人畅聊着不久的将来，时光心中满是单纯的期许，剪年心中却是过去和现在交织在一起的复杂。可就算两人各怀心事，也不妨碍他们相处得很愉快。

以前，时光熟悉的女生只有安雨濛，她的任性和锋芒毕露，他都承受不来。

认识剪年以后，他欣赏她学业上的优秀，还有她身上其他同龄人不具备的特质：冷静、从容、淡定和坚韧。

快到村口的时候，时光见四下无人，路灯间隔也远，他们更多的时候行走在阴影里，他壮着胆子问："你冷不冷？"

剪年的手一直插在外套兜里没拿出来过，她摇头说："不冷。"

时光把冻得冰凉的手伸到她面前说："可我很冷。"

剪年伸手摸了一下，温热的指尖触到他冰冷的手，冷得她一哆嗦。

她这时候才注意到时光没有穿外套，瞬间想明白。她叫时光出去说话，他起身就跟她走了，外套应该还放在沙发上。

天气这样冷，他只穿着一件毛衣在户外待了这么久。

剪年一急，抓时光他的双手，一边搓搓他的手背，一边呵出热气。

时光第一次和同龄的女生这样亲密接触，她温热的气息把他的脸都烫红了。

剪年无暇注意他的表情变化，只欣喜于他的手背渐渐有了温度。见他的手心却还是冰凉的，她抓起他的手就贴到了自己的脸颊上。就算她咬紧了牙关忍耐，还是被冰得"咝"了一声。

她紧紧按着他的双手，这样手心手背就能同时进行热传递了。她不无责怪地说："说了不用送，你偏要送。那你好歹把外套穿上吧，看看把自己冻成什么样了。"

时光难得见到剪年情绪激动的样子，知道她是关心自己，"呵呵"傻乐着听剪年数落自己，他一一应着"是"。

这办法治标不治本，时光身上暖不起来，手一时焐暖了也没用。

剪年建议："要不你先回家穿件衣服再去找他们？"

时光心中有数："两边距离都差不多，我一口气跑回去，身上就暖和了。"

剪年觉得也是，马上松开他的手说："那你快跑，再站下去就要变成冰棍儿了。"

时光害羞地低着头，尴尬地摸了摸后脑勺，说："我送你到楼下再回去。"

剪年都能看见自家亮着的灯光了，她说："我也跑回去，你就放心吧。"

时光欲言又止，唤了一声："年年……"

第一次这样亲昵地叫一个女生，时光羞得都不敢抬头看她。

剪年笑着应了一声："嗯。"

她又催促道："好了，我数到三，我们就朝自己要去的方向跑。"

两人背对背站着，要朝不同的方向去。

剪年向后伸手，摸到时光手腕上的手链，她说："你连自己都照顾不好的话，又怎么照顾别人呢？"

时光激动地说："别人……我……我能照顾你！"

剪年笑言道："我没记错的话，上次还是我帮的你吧？"

时光知道她说的是他摔倒被她所救的事，一时哑口无言。

也不知道为什么，他在同龄人里算很成熟的了，可是在剪年面前还是显得幼稚有余而稳重不足。

两人分明一般大小,她考虑事情却比他周全许多,她的优秀如铜墙铁壁,将别人都隔断在外,让人遍寻不到靠近她的方法。

今晚要不是他硬要送她回家,还不会有此发展。

剪年后仰,靠了一下时光的背脊,感觉到他的背明显比自己的宽阔。她说:"有一天你会比我高大强壮,要是到那时候你还愿意照顾我就好了。"

时光忙说:"我愿意!"

剪年闻言笑意更深,少年时光还不懂"我愿意"是不能这么轻易说出口的。

时光跑回包间,带着一脑门子的热汗。

麦霸江月终于察觉到观众席的变化,剪年不在。

他问正在擦汗的时光:"怎么少了个人?"

时光喘着气说:"剪年先回家了。"

江月说:"这么早就走了,她一首歌都还没唱,早知道就让她先唱了。"

一屋子人哄笑:"别开玩笑了!你看到话筒就疯了,谁来你都不会让的,人家不在这儿了,你会说漂亮话了。"

江月说:"不愧是死党,都很了解我。为了奖励你们对朕的了解,朕再多唱三首歌给你们听!"

剪年回到家里,奶奶刚洗完脚准备上床睡觉,看到剪年就说:"你一个女生大晚上在外面晃荡什么?"

"同学过生日庆祝,我过去稍微坐了一会儿,他们还在玩,我先回来的。"

奶奶追问道:"男同学还是女同学?"

剪年抿着唇没说话,奶奶瞪了她一眼说:"女生要自爱,不要跟男生走得太近。"

"我知道。我先去睡了,奶奶。"

客厅靠墙的位置摆放着一张折叠床,寒假来临,此后,她每天都得在家里睡。

以前一周只在家里住两天,奶奶对她就没有过好脸色,自现在开始天天在家,剪年能想象这个寒假会有多煎熬。

她躺床上半晌也没睡着,脑海中风起云涌。

剪年拂开所有不想看见的画面,终于找到时光冰凉的双手焐在她脸上的一幕,还有他小声说的一句"我愿意"。

时光对剪年来说是一寸净土,因为时光的存在,她才有一丝欣慰,自己所遭遇的并不全是糟糕的事,至少她认识一个那么温暖善良的人。

剪年和时光偶遇那次,他已经是一个成功的商人,而她在做保险推销的工作。

那天她在一家高档咖啡厅里和一位客户见面,双方已经谈了很多次,各种细节也已经了解清楚,客户想要一次性投入二十万,为孩子买一份理财分红险的意向非常很强烈了,所以那天她才会选了安静的地方,想把事情敲定下来。

结果,二十万的单子变数比她以为的还要大。

客户吃饱喝足了以后才告诉她,老公最近资金周转不灵,暂时没有闲钱了，继而起身，满足地离开。

剪年呆坐在那里，心都凉透了。谈单就是这样，客户可以说不要就不要，之前做的努力全白费。这单她已经跟进了三个月，所谓三个月不开单，开单吃三个月，在她身上也同样适用。

现在单没做成，接下来的日子怕是要天天啃馒头了。

剪年穿着公司统一的职业套装，白衬衣、黑西装，为方便收拾剪了短发。那是出自小店员之手的"瓜皮式齐刘海"，没有任何层次，一点都不时尚。

发型加装扮，让她看起来比实际年龄至少要老十岁。这是故意为之，因为她从事的行业里，三十多岁、看起来憨厚老实的业务员最容易取得客户的信任。

剪年明明是一个风华正茂的年轻女性，却没有钱打扮自己，她觉得很悲哀。

坐在高档咖啡厅里时，这种感觉尤甚。

店里往来的都是打扮得极其精致的年轻男女，要么时尚潮流，要么优雅得体。

他们惬意地品尝着咖啡和甜品，她却只能看着客户吃喝，自己必须忍着。

贫穷，就是这么具体的事。

时光是来见客户的，西装革履的他走进店里，一眼就看到剪年坐在那里发呆，一脸泫然欲泣的模样。

故人重逢，内心激动，他还没想清楚要说什么，人已经坐在她的对面说："嗨，好久不见。"

剪年抬眼看去，分辨了半晌才记起，那是她的老同学。

曾经，是她朝夕相对的同桌，后来是很好的朋友。

可是，她和江月的关系越亲密，和时光的距离就越远。

最后，她和江月走上了独木桥，时光走上了康庄大道，大家早已分道扬镳。

多年不见，时光的变化很大，一头低调的整齐短发，实则从样式到长度都是精心修剪过的。他已不是她记忆中的青春少年，而是一个成熟英俊的男人了。

阔别多年，竟能在人海里相遇，这是一场突来的惊喜。

时光望着剪年，眼中是发自内心的欢喜，因欢喜而明亮，因明亮而目光灼灼。

剪年局促地理了下头发，低垂着眉眼说："好久不见。"

服务员走了过来，时光给自己点了一杯茶，又为剪年叫了几款蛋糕和一杯冰咖啡。

剪年舔了下嘴唇，她是想喝东西，但她负担不起这里的消费。可时光做这一切行云流水，她来不及阻止，只能把话咽下。

时光还沉浸在偶遇友人的欢喜里，全然没有察觉到她的尴尬，热络地问她："你和江月还好吗？"

就算生活再糟糕，也不会说与外人听。

剪年心中苦涩，嘴上却说："挺好。"

时光展颜一笑："每年同学会我都以为能见到你们，结果你俩一次都没出现过，也没人能联系上你们，还以为你们去外地了，结果就在本市，怎么不跟老同学联系啊？"

人在成功的时候，总希望别人看到自己的辉煌成就，希望更多的人景仰自己。而人在低谷的时候，最不想让熟人知道自己是如何的落魄。

剪年不想被人知道自己的近况，尤其是老友，是故意不和他们联系的。

她不答反问："你来这里是有约会吧？我已经办完事了，要赶着回公司，就不耽误你的时间了，先走一步。"

时光看了下手表说："没事，我和客户约的时间还早。这么多年没见了，你又急匆匆要走。这样，你留个电话给我，等你们有时间了约出来一起聚聚，我负责把老同学们都叫上。好多年没见江月了，不知道他现在是什么样，还是一样帅死人不偿命吧……"

面对温柔热情的时光，剪年只想逃，却始终想不到不给他电话的理由，刚好服务员送来时光点的东西，他快速反应："请你包起来，给这位女士带走。"

时光掏出便笺本，写下自己的电话号码递给她说："这是我的电话号码，一定要打给我，说好了！"

时光摸便笺本的时候名片夹也跟着一起出来了。剪年不知道他为什么不给名片，还要专门写一张纸给她。

"名片上印的是工作号码，不想工作的时候我会关机，给你的是只有家人和朋友知道的号码。这部手机二十四小时畅通，随时打来都能找到我。"

刚说完，时光的电话响了。

他看是约好在此地见面的客户，歉意地对剪年说："不好意思，我接个电话，稍等。"

剪年早就想离开了，趁时光接电话的当口她做了个"我先走了"的手势，然后不等他反应就快速离开了。

时光订的包间在这家咖啡厅的二楼，客人到了包间没看到时光，打电话跟他确认什么时候能到。

望着剪年远去的背影,时光总觉得她像是有意躲避,虽然不知道是什么原因,但从小一起长大的朋友变成了这样老死不相往来的关系,令人备感唏嘘。

客户已经到了,时光不能不管客户去追剪年,只好先上楼去。

客户是个急性子,见到时光就开始谈工作。两人正说到细节处,有服务员敲门进来找时光。

服务员客气地将时光请到包间外面,小心地询问:"请问您认识一位剪小姐吗?"

时光点头,疑惑地望着他。

服务员当即解释:"剪小姐没带够钱付账,她说认识您,您愿意替她结账吗?当然,如果您不愿意的话,我会告诉她楼上没有她说的时先生。"

时光这才想起刚才点单后忘记结账了,想到他的一时疏忽让剪年陷入这样的困境,他就自责得不行。

他跟客户赔了礼,赶紧跟着服务员到了大厅。

剪年坐在收银台对面的沙发上,垂着眼睑,十分局促。

时光走过去,递了几张纸币给收银员,尽量小声地说:"她的消费我买单,钱先放这儿,我走的时候再多退少补。"

时光深吸了一口气,这才有勇气转身走到剪年面前,然后蹲在她的身前,半响无言。

她的沉默是因为难堪,他又何尝不是,就算不是故意的,但造成这局面的人确实是他,他深感自责,无从说起。

是剪年打破了沉默,问他:"我可以走了吗?"

她的内心是崩溃的,困窘的生活并没有压垮她,被多年不见的朋友知道她困窘至此,才是最伤她自尊的地方。

时光有满肚子的话想说,却又觉得哪一句都不合适。

看着她单薄的背影慢慢走远,他什么都没想清楚,身体却有自己的意志。

时光追上去,抓住剪年的胳膊,往她手里塞了一沓钱,说:"你有困难可以找我。"

剪年惊诧,时光惶急,他们之间的距离不足一臂,心却隔着汪洋大海。

时光手足无措地解释:"朋友之间互相帮助是应该的,你不要跟我客气……"

剪年像是被魔法冻住了身体,呆呆地望着时光。兴许是因为长久没眨眼睛的关系,眼睛变得酸涩,只眨动一下,眼泪就簌簌滚落。

时光非常心疼,可他是真的不知道该怎么做,才能不失礼地帮助她,又不让她感到难堪。

跨越多年的空白时光,再见到她,他一眼就认出她了,说明她的模样没有太大变化,可两人的关系却是怎样都无法拉近。

剪年明白时光的好心,也感激他的慷慨,却不等于她愿意接受他的施舍。

她用力扯出一个笑容,颤声说:"再见,时光。"

当她的自尊不能接受他的好意,可困窘的生活让她不得不接受的时候,她就再也无法面对他了。

时光呼吸一室,低低地唤了一声:"年年……"

剪年离去的背影是那样决绝。

时光望着她寥落的身影,明白她的心情。如果不见,他还能相信她过得很好,和江月很幸福。然而世事如此残忍,他知道了真相,她是一定不会再见他的。

剪年睁开眼，眼前漆黑一片，有泪从眼角滑落。

只是回忆起那次重逢而已，她心中都是苍凉一片，可想而知，真正处于那种境况的她该是多么的痛苦。

还好一切都还来得及，她还有机会改变那个需要被时光接济的未来。

剪年捋了捋回忆，时光玩得好的朋友就是他们几人，生活圈子很窄。

大学念的建筑系，还是个和尚班，他又不喜欢社交，全部的时间和精力都花在学习和工作上，因此有了后来的成就。

思及此，剪年猛地坐了起来。

时光在学生时代专心搞学习，才会有好前程。她跟他走得太近会不会影响他学习？她现在目标明确，定力非比寻常，所以一定不会分神。这些知识她几乎都记得，再学一遍本来就比他轻松。他要是因为自己分心，那是万万不可以的！

思来想去，她还是觉得，时光的光明未来最为重要，她绝不能因自己的私心耽误他一分一秒。

对于行走在黑暗中的人来说，最大的诱惑就是光，哪怕明知道那是一堆烈火，哪怕被烧伤也在所不惜，想要抓住它。

剪年经历了黑暗，却不想拉着别人一起跌入黑暗。

那些在阳光下漫步的人，是她追赶的对象，终有一日，她想和他一起行走在光明里，那才是她真正期盼的未来。

就像海子的诗里写的那样：

你来人间一趟

你要看看太阳

和你的心上人

走在路上

第六章
十几岁的人，几十斤的反骨

寒假的日子很充实，剪年除了写自己的作业，还要监督剪筠写作业。

剪筠写作业的效率很低，磨磨蹭蹭几个小时就过去了。

剪年都守出耐性了，她抱着词典在旁边背单词，剪筠写不完就不许离开，两人就这么耗着。

其间时光他们来找过她几次，约她去玩，她都以写作业或是大人不同意为由，拒绝了。

剪年不参加聚会，最高兴的人是安雨濛：放假心情好，不想见到讨厌的人，破坏心情！

可时光和江月却一直没放弃地想要约剪年出来。

十来岁的男孩子身上大概有90%都是反骨，越是不好达成的事，偏偏非要做到不可，总是在奇奇怪怪的事情上分外执着。

两人认真地商量起来："剪年家管得真严。"

"她还有个弟弟，是不是她出来玩就没人带弟弟了？"

"下次约她带着弟弟一起出来玩，是不是就解决了？"

江月不喜欢小孩子，虽然他本身也还是个可以过儿童节的孩子，可只要是比他小的，他就觉得人家是小屁孩。

093

他比较介意的是："四年级的小孩子和我们能玩到一起吗？"

时光可靠地说："我会帮她照顾弟弟，没问题的。"

安雨濛听见两人的对话，直接泼冷水："我觉得吧，你俩计划得再周全也没用。你们觉得她弟弟真的是主要问题所在吗？她那么寒酸，肯定是因为没钱才不出来玩嘛。"

时光和江月对望一眼，同时说："下次组织不要钱的活动吧！"

"她的钱我付。"

安雨濛偏头望着江月，哼笑着说："你喜欢请客，也要人家接受才行，剪年又穷自尊心又强，你给钱她也玩不痛快。交朋友还是要找经济实力差不多的，一起玩才没有压力。"

江月早就习惯了安雨濛蛮不讲理的一面，却不知道她还是能讲出一番道理的人。

他问："你怎么会知道穷的人心理是什么样的？"

安小公主这辈子都没穷过。

安雨濛翻了个白眼："谁家没有几个穷亲戚？我遇到过这种人，带她一起玩吧，她捉襟见肘，玩不开心；不带她玩吧，她觉得你看不起她，扫兴得很。"

她都把话说到这个份儿上了，他们总该明白，剪年不属于这个圈子，硬挤进来也很难受了吧？

江月转脸对时光说："就用你的方案，下次我们去不花钱的地方玩。"

安雨濛气得泼冷水："轧马路不要钱，还可以边走边吃灰，连饭钱都省了。"

时光猛地抓着江月的胳膊说："在你家聚会如何？你一个人住，

房间又大，我们可以一起打游戏，都不用花钱。"

江月和他击掌道："好主意！"

安雨濛又翻了个白眼，觉得这两人为了个穷朋友费尽心思简直傻得要命。不过也就是一时的新鲜感，等到他们和剪年接触多了，她身上的神秘感消失，他们就会发现，她也不过就是个有点小聪明的穷光蛋而已。

景山把刚买的爆米花递给安雨濛："安安，刚爆出来的，好脆啊！"

安雨濛扫了一眼，不满地说："奶油味不好吃，我要吃焦糖口味的。"

景山一愣，她只说要吃热热的爆米花，可没交代说要奶油口味还是焦糖口味。不过，小公主说什么就是什么，他马上又去排队再买。

江月收获奶油味的爆米花一桶，免费。

终于买到焦糖口味的爆米花，景山以为小公主这次该夸奖他了，结果安雨濛只闻了一下，说："好腻，不想吃了。"

时光收获焦糖爆米花一桶，免费。

江月看着又去排队的景山，胖胖的身形在人群中很是突出。他吃着酥脆的爆米花，问安雨濛："你要吃什么一开始就讲清楚嘛，何必这么折腾他？"

安雨濛"哼"了一声说："我高兴，他愿意。"

景山是安雨濛宣泄情绪的对象，她在江月那里受的气，都会加倍发泄在景山身上。

敦厚老实的景山，从小就觉得安雨濛是全校最漂亮的女生。一个漂亮的女孩子愿意搭理他已经是他的荣幸了，哪怕她只是想使唤他，总是骂他，那也没关系，被漂亮的人骂，他不觉得生气。

漂亮的人脾气不好多正常，他要是像安雨濛那么漂亮，脾气只会比她更大。

江月发现那两人真是一个愿打一个愿挨，人家两人的事，他也不方便管，找时光换爆米花吃去了。

时光的方案通过，江月当天回家就开始收拾房间，忙得上蹿下跳的。

江月妈妈在建房的时候就考虑到，他将来要是发展得好，自己买房安家，若是发展得不好，家里总有一套房子是他的，他最差都有房子可以娶妻生子，所以一梯两户的房子，母子俩一人一套房，住对门。

六人小队里的其他人都跟父母住，确实只有江月是有场地和条件办聚会的。

场地解决了，搞卫生成了最大的问题。

江月平日懒散不爱收拾，妈妈故意锻炼他独自生活的能力，从不帮他收拾，所以他房子里乱成一团。

他难得这么勤快，把房子里里外外都打扫干净后，累得腰都快要直不起来。

剪年这次再没有理由拒绝，加之剪筠天天"焊"在家里写作业，早就不耐烦了，只想出去玩，他在楼上高喊着："我要去！"

被自己当作借口的弟弟率先答应了，奶奶还说："出去玩一天换换脑子也好，别整天闷在家里。尤其是剪年，放假这么久了，楼都没见你下过，你也该出门活动活动。"

时光终于约到人了，满心欢喜。

自从那天晚上收了剪年的礼物以后，就连她的面都没再见过，他焦急地数着日子，恨不得明天就开学，他就能每天坐在她身边，有什么话，也能马上跟她说。

时光和小伙伴们经常见面，这么多年都是这么过的，唯独剪年不是想见就能见，越是不能见就越想见，他还不曾这么强烈地想见一个人。

江月负责提供场地，时光负责提供零食。

他拎着采买的东西到了江月家，看见好友一脸痛苦地趴在床上。

江月有气无力地说："打扫这种事可真累人，早知道让大家一起来做了，终究是我一个人扛下了所有。"

时光把东西整齐地摆放在茶几上，走到床边，腿一伸，跨坐在江月的大腿上，伸手不轻不重地捶着他的后腰说："辛苦你了。"

江月很是享受地说："你是真会捶啊，还挺舒服。"

时光："我爸爸经常腰疼，还有肩周炎，这都是我帮他按摩练出来的指法。"

剪年极力想要避开江月是怕被他拉进黑暗里，故意不见时光是怕会影响他的前程。

结果大概是青春期的叛逆所致，她越躲，他们越追。

第一次带着弟弟参加同学的聚会，剪筠比剪年更高兴。

剪筠在家只有看电视一个娱乐选项，但江月哥哥家不仅有电视、掌上游戏机、卡牌游戏，还有大富翁之类的多种桌游，好玩的也太多了吧！

没有大人在场，大家连坐姿都没有了，全都歪靠在沙发或是抱枕上，选自己喜欢的玩。

张鸿儒没找到想看的电视节目，景山提议给电视接上游戏机，大家一起打游戏。

靠在床头上的安雨濛抗议："不许打游戏，我要看 Channel V,

要听'欧巴'唱歌!"

剪年和剪筠就没那么放松了,两人规矩地坐在茶几边的地毯上,看着他们玩。

时光在剪年身旁坐下,几乎将茶几上的零食都拿了一遍,她都摇头说不吃。剪筠是个不客气的,样样都试吃了。

这时江月端来一盆热水,里面放着已经烫热的饮料。

大冬天里有热饮喝,简直就是天堂!

几个大男生不客气地拿走了自己喜欢的口味,景山是了解安雨濛的,把她最喜欢的酸甜味牛乳饮料给她送到手上。

还剩下几瓶饮料,江月让剪年先挑。

剪年是真的不喜欢喝饮料,因为大部分饮料糖分含量都很高,她觉得太甜了。

江月适时地想起她说过对糖过敏的话,马上起身说:"我想起来了,你不能吃有糖的东西。我去给你泡杯花茶,我妈珍藏的玫瑰花特别香。"

剪筠不客气地拿了一瓶热豆奶,一口气喝下去了大半瓶,然后接着吃零食。

剪年见他狼吞虎咽的没有停过,有些担心:"坚果会发胀,你少吃点,不然一会儿该觉得撑了。"

剪筠的自制力约等于无,他点头答应,手上却没有停地又拿起布丁吃。

剪年又耐心地叮嘱了一番,让他不要因为零食好吃就吃过头。他却是听归听,吃归吃,两不耽误。

江月端来的玫瑰花茶不仅香气扑鼻,还很美。

他用了妈妈珍藏的一套高级瓷器,田园风的欧式茶具,一壶六杯,一共七件。

茶壶嘴正冒着热气儿,香味随着水汽飘散到房间里的各个角落。

江月亲自给剪年倒了一杯热茶,浅紫色的玫瑰花苞轻漾在水面上,大红色的枸杞沉在杯底,浅金色的茶水上氤氲着雾气,精致的瓷器盛着芬芳的花茶,色香味皆美。

剪年捧起茶杯,浅尝一口,丝丝香味入鼻,暖暖的茶水过喉,她闭上眼睛细细搜寻记忆:江月可曾对我这么体贴,投其所好,几近讨好?

答案是没有。

记忆里的江月没有为她做过任何事,因为她实在太主动,做得太多。江月对她不感兴趣的时候,她在拼命讨好他,江月和她在一起以后,她感恩戴德,对他更是好得无以复加。

江月不用为她做任何事,和她在一起,就是对她最大的恩赐了。

这是江月第一次泡花茶,玫瑰花和枸杞的具体用量他不清楚,凭感觉放的。

见到剪年喝了,他满是期盼地问:"好喝吗?"

剪年点头,淡淡地说:"很香,谢谢。"

江月这才将壶放下,说:"你喜欢的话,我给你装些花茶带走,你可以慢慢泡着喝,我家好多呢。"

剪年略微偏头,避免和他对视,冷漠地拒绝了:"不用,我没有喝茶的习惯。"

江月讪讪的,有些不知所措。他没碰过壁,尤其是在女生那里。他甚至在想,剪年可能不是女生,而是墙壁,不然他怎么一直在她那里碰壁？

安雨濛闻到香味，从床上起身，跑来看了看说："哇，好漂亮，我也要喝！"

江月顺手给她倒了一杯，她喝了一口就闹开了："颜色看着跟蜂蜜似的，怎么不甜啊？你没放糖？"

江月把糖罐子递给她："剪年不喝甜的，你单独放。"

安雨濛边放着糖边哼哼唧唧："难怪她整天摆着一张苦瓜脸，五行缺糖啊……"

剪年无视安雨濛就像无视奶奶一样，反抗不了，就不要在意，早晚她都是要远离这些人的，早晚。

时光轻轻碰了一下剪年的胳膊，然后伸拳到她面前，似乎要给她东西。她摊开手去接，时光拳头一松，一把剥好的松子仁儿落在她的手心。

剪年一口零食不吃，江月又说她吃糖过敏，于是他专心致志地为她剥松子仁儿。松子又小又滑很难剥，战斗半天只得了小半把。

安雨濛看见了，撒娇道："时光，我也要吃。"

时光伸出手指给她看自己因为剥松子而被刮得破破烂烂的指甲，无奈地说："今天我真剥不动了，改天吧。"

安雨濛不满地控诉道："我已经不是你最宠爱的人了！"

时光凡事都让着安雨濛，随便她怎么闹，从不和她计较，只是今天剪年在，他不希望剪年误会，难得地反驳了一句："这话你可以对江月说，和我哪有半点关系。"

江月正在嚼牛肉干，耳边又是各种声音，没听真切，他茫然地望着时光说："啊？我和你是什么关系？当然是兄弟关系，不能是姐妹吧?"

大家一听这话,全都笑了。

又闹了一阵子,安雨濛说累了,转身又爬到江月床上去躺着休息。

她不看电视了,男生们马上接好游戏机,组队厮杀起来。

剪筠看得眼热,抱着零食坐到哥哥们身边去,边吃边不停地问东问西。

游戏战况激烈,玩游戏的人对"噪音"当然是爱搭不理。

快中午的时候,江月妈妈来电,说牌友叫了菜,留她吃完接着再打十二圈,让江月自己解决午饭问题。

江月顿时压力山大,嘀咕着:"以我的厨艺,最多煮个面给大家吃。"

剪年来玩也没带礼物上门,弟弟又吃了人家许多零食,心里是过意不去的,主动起身说:"我来煮面,你统计一下,看大家各自吃多少。"

冰箱里有绿叶蔬菜,也有鸡蛋,煮面的材料有了。

剪年把水烧上,开始理菜。

时光很快进了厨房说:"我来帮忙。"

剪年点了下头就指挥他洗菜,冬天的冷水实在是太冰了,她不想碰。

她又在冰箱里找到一块瘦肉和几块豆干,略一沉思,就开始切肉准备剁成肉末。

江月听见厨房里传来"乒乒乓乓"的声响,不明白煮面怎么会闹出那么大动静,跑进去看到剪年在剁肉,惊讶地问:"你、你在干什么?"

剪年剁着肉,头也不回地说:"做炸酱面。"

江月只在面店里吃过炸酱面,家里从没做过,他兴奋地去通知大家:"中午吃炸酱面!刚才觉得自己报少了的,有一次加量的机会!"

景山率先吼道:"给我来三两!"

许坚白笑着调侃:"景山说的是干面的重量,煮出来的话,得有半斤。"

景山强调:"五两就五两,说什么半斤,你会不会说话?"

许坚白好笑地说:"大侠,五两和半斤的区别在哪里?"

景山铿锵地说:"区别大了,你单位都用到'斤'了,吓死个人。我是吃半斤的人吗?我只吃五两!"

在场的人心里齐刷刷地飘过一行字:高手,这是个自欺欺人的高手!

剪年在厨房里忙得没停,还弄得很响,时光想和她说句话都难。不过这样也算"独处",时光只能这样安慰自己。

水开了,水蒸气四处飘散,厨房里的温度渐渐升高,暖意融融。

面条下水后有麦香飘出,那是很家常的味道。

时光觉得眼前的一切都很熟悉,从味道到场景,就像是在自己家煮面一样,唯一不同的是,正在煮面的人不是他妈妈,而是一个比他还矮一头的小女生,动作熟练地在灶台边有条不紊地操作着。

时光看着剪年小小的身影,心中猜测:是不是有弟弟的女孩子都这么能干,早早地就要学会做很多事?

安雨濛就什么家务都不会做,和剪年形成鲜明对比。

时光曾答应要照顾她,可她真的需要他照顾吗?

或者说,他得走多快,追赶多久,才能与她比肩而行,还要成长多久,才有能力照顾她呢?

江月再次统计好大家修订后的数据，来到厨房。

剪年在炒炸酱，时光在旁边搅锅，防止面汤沸出锅沿，雾气升腾的厨房里香味扑鼻。

江月呆呆地站在厨房门口，突然生出一种向往来。

等到多年以后，大家都已长成大人，那时候大家还会像现在这样，经常聚在一起吗？

如果到了那个时候，大家还会像今天一样围坐在一起，为能吃到一碗自制炸酱面而开心吗？

人生之所以精彩，是因为即便每天都是固定的二十四小时，却有着千百种过法，而每一天都是不可重来的唯一：那一年，那一天，大家齐聚一堂，玩得很开心。

剪年把炸酱盛起来，转脸看到江月站在门口发呆。

她很自然地对江月说："洗几个碗。"

江月听话地找出一些适合吃面的大碗，一个一个地冲洗完毕，一字排开摆放在厨台上。

剪年先在每个碗里都放上调料，舀一勺面汤浇进去，汤底就有了，再按每个人报的量的一半捞面，然后舀几勺炸酱盖一层，再用面条把炸酱盖起来。

江月奇怪地问："炸酱怎么不放上面？"

剪年故意的："我就要把好的放在下面藏起来，让那些'以貌取面'的人先失望，再被惊艳。"

江月总觉得她的话意有所指，像是还在记恨他初次见面时"以貌取她"的事……

看来第一印象减的分，很难加上去，他都已经这么努力地展现优点了，就不能原谅他无意的冒犯吗？

江月那么懒的人，今天比任何一天都勤快，他把面端上茶几，招呼大家来吃。

景山是顿顿都要吃肉的人，没看到期待中的炸酱面，嫌弃地挑起白面条说："这怎么吃啊？"

江月也不解释，坐那儿看戏。

大家很失望，但已经煮好了，勉强吃呗。

景山拌了一筷子，香味一下就腾起来了，是让人口水泛滥的肉香。

剪年和时光最后才出来，大家已经吃得很愉快，一屋子"呼噜噜"的吸面声。

茶几围满了人，两个最辛苦的人已经挤不下了，就地站着吃出一身热汗来。

许坚白最先吃完，把面汤也喝掉了，舒服地喘了口气："我还以为今天中午只有江月做的黑暗料理，没想到有意外惊喜。剪年，面煮得很好吃，家传秘方？"

其实，炸酱面也好，厨艺也罢，都是剪年跟江月同居以后学着做的。

江月是个极挑食的人，变相地让剪年修炼出来一手好厨艺。

此刻她却只能谎称："是我爷爷教的。"

安雨濛吃了一小碗面，感慨地说："以前我只听过'穷人家的孩子早当家'这句话，没想到是真的。"

于她而言，下厨煮东西是老妈子才干的活儿，她一个美貌少女，才不要碰厨房里的一切呢。而剪年在厨房里那么能干又怎样，不就是提前成了老妈子吗？

景山的面最多，他最后一个吃完，抬起头说："想想剪年是很辛苦，我们只要管好自己不出危险就行，你还要照顾弟弟，就连出来玩都得带着他。"

就差明着说"你出门还带个累赘"了。

剪年这碗面煮得很妙，虽然安雨濛依旧看不上她，但许坚白和景山对她的态度明显变好了。

朋友是一定要经过一段时间的相知和相处才能看清彼此的，就算第一印象不好，就算一开始有些误会也没关系，慢慢了解以后，再决定要不要跟对方做朋友就好。

景山说起剪筠的事，完全是独生子的心态，自己的需求和快乐是放在第一位的。

如果是以前的剪年，她也会觉得不公平。

他们生来就有父母全部的爱，不用付出也不用回报，因为父母的爱是无私的，只愿孩子开心，而她，想要的都得不到，还要不断付出，发光发热来证明她有存在的价值：被爱与不被爱的区别就是这么大。

"我已经习惯了。"剪年已经认清现实也接受现实了，她现在的心态很平和，"既然是他的姐姐，就要多一份责任和担当。"

景山本性憨厚温暖，吃饱了心情就好，他起身收拾碗筷，还说："大白、大鸿，走，我们去把碗洗了。"

天寒地冻的日子，谁都不想碰冷水，但那三人做了饭，洗碗也该轮到他们了。

刚才赶时间，剪年剁肉剁得有点急，这时候才觉得肩膀疼。

剪筠吃得饱饱的，看游戏机没人玩，目光都移不开，满脸跃跃欲试。

时光看出剪筠想玩，给了他一个手柄，教他怎么操作，不一会儿两人就玩得兴起了。

江月把长腿一伸，挨着剪年坐下，客气地说："辛苦你了，明明是请你来玩的，结果变成你给大家煮面。"

"小事。"剪年毫不介意地说，"就当是谢谢你们的邀请。"

她正用左手揉右膀，胳膊挡住了嘴，语音有些含糊。

江月昨天就过劳了，今天又忙得没停，背部肌肉酸痛，他做了个双手反剪到身后的动作，没有听清剪年说的是什么，于是身体倾斜过去了一点，问："你说什么？"

剪年转脸想和他面对面说话，未承想他靠近她的时候身体倾斜得太狠，重心不稳，整个人往前栽倒。

眼看着一个男生朝自己扑来，剪年条件反射地往后仰身，结果江月的双手反剪在身后一时拆不开，根本没有手撑住身体，直直撞在剪年的心口上。

剪年后仰着身体，全靠腰部力量支撑，江月的重量一上去，她就撑不住了，被压平在地毯上。

这下江月的手拧得更狠了，他不知道是脱臼了还是抽筋了，一时没办法把手腾出来。

剪年正想推开他，就听见安雨濛尖叫了一声之后，大声质问："你俩在干吗？"

时光闻声回头，就见江月扭得跟麻花一样，剪年被他死死压在地上。

他放下手柄过去把江月扶起来，还帮忙把江月的手指拆开了。

江月的胳膊有点脱臼了，一碰就痛。

时光简直拿他没办法，帮他慢慢活动了一会儿手臂，他才终于能自己抬起胳膊。

江月疼得龇牙咧嘴的时候还不忘解释他真的是不小心摔倒了。

时光十分无语:"坐地上都能摔倒,你可真是个天才。"

因为时光突然退出,游戏里的城堡被敌人打爆了,游戏出现"GAME OVER"的画面。

剪筠第一次玩这个游戏,十分当真,看到输了就很生气,暴躁地把游戏手柄一丢,转身瞪着时光,都怪他!

剪年看到手柄飞来,伸手去接,可是没接到,手柄砸中了那套漂亮的骨瓷茶杯。

越高级的瓷器越薄脆,那茶杯在一声清脆的"丁零"声中,碎了。

剪筠发现自己砸坏了东西,马上瑟缩着躲到剪年的身后。

安雨濛幸灾乐祸地看着眼前几人,短短几分钟就发生了这么多事,此情此景,好生精彩。

这套茶具可不是剪年那种穷姑娘赔得起的,这么漂亮的茶具,一看就是江月妈妈的心爱之物,她真的好期待江月的反应。

江月看剪年顿时慌了神,一脸的不知所措,他把碎瓷片小心地收拾进垃圾桶里,以免割伤人。

剪年开口说:"我去跟阿姨解释,是不小心打碎茶杯的,我会赔……"

安雨濛闻言在一旁"呵呵"笑了两声,先了解了价格再说赔不赔得起吧,傻瓜。

江月无所谓地说:"没必要,今天之前我家都没有五个以上的客人同时出现过,除了你们,所以这组茶具今天还是第一次全员到齐。我妈平时都用马克杯喝茶,这套东西买了放在那里多年都没用过。我把它原封原样地摆回去,我妈绝对发现不了少了一个杯子,有什么好赔的。"

安雨濛听江月这样讲,下巴都要惊掉:少年,用不用是你家的事,打坏了东西得赔是做人的基本道理!

剪年纠结地说:"东西是我们打坏的,还是应该跟阿姨道歉认错。"

江月说:"什么'我们',明明是你弟弟打坏的,你让他自己去道歉。"

剪筠闻言又往姐姐身后缩了缩,不敢跟江月对视。

剪年为难地说:"他还小,我把他带出来就有责任要看管好他,还是我的问题……"

江月耸肩,无所谓地说:"我妈下午还在打牌,不到晚上十一点不会回家。你要在我这儿待到那时候的话,我无所谓,你方便吗?"

十一点未免太晚,剪年最迟九点得回家。

江月侧着头去看剪筠,说:"你也不小了,不可能一辈子躲在姐姐身后,像个男人一样勇于承认自己的错误如何?"

剪筠拽着剪年的外套把自己遮了起来,拒绝交流。

洗碗三人组回来的时候冻得直嚷嚷:

"冷死我了,这水太冰了。"

"还不是因为你想敷衍了事,结果洗得不干净又重洗一次。"

"我们没打碎碗都算干得不错了。"

三人见屋内几人也不说话,气氛有点紧张,正想问发生什么事了,安雨濛就跳下床说:"我要回家了。"

景山搓着被冻红的手说:"那我也一起走。"

许坚白和张鸿儒喜欢热闹,有人开始离席就是要散场的意思,他们穿上外套准备一起走。

剪年早就想走了,但这时候谁都可以马上离开,唯独她不行。

她咬了咬唇,说了个方案:"我先送弟弟回家去,赔偿的事等我跟家人商量好了再跟你说，可以吧？"

江月的眉毛长得特别好看，眉飞入鬓就是最准确的形容。就算他眉头紧蹙，也是个好看的美少年。

他难得生气，尤其是对女生，但剪年是有点惹他生气的本事在身上的。

他不耐烦地说："好啊，要赔你就赔嘛！"

安雨濛都走到门口了，闻声回头看了一眼，脸上浮现出喜色：可真难得，还有人能把江月惹生气呢。

江月脾气好这件事，是公认的。

其实所谓的脾气好，并不是他宽容或是忍耐力强，主要是他不在乎。既然都不在乎对方，那不管对方做什么事，都无法触怒他，自然显得脾气好。

安雨濛气得要走是因为她发现江月居然不准备追究剪筠打碎茶杯的事，未免对剪年太过亲切了！

只是没想到，峰回路转，剪年竟然把江月惹生气了，这才是她想看到的局面。

剪筠嘴上一个字没说，实则心里很怕，在场的人都比他大，于是紧紧抓住姐姐的衣摆，亦步亦趋地跟着她离开。

弟弟吓成那样，剪年心里也不好受。

如果是在和她家庭条件差不多的同学家玩耍，不小心打坏个茶杯，那是道个歉就能解决的事。奈何剪筠打破的是昂贵的瓷器，要说赔物，她赔不出一模一样的来；要说赔钱，那是赔一套的钱还是赔一只杯子的钱呢？都是问题。

剪年惆怅得要命，江月在生闷气。

时光追着剪年到了楼下才说:"江月不是那个意思,他不是真的要你赔。"

剪年当然知道江月在生什么气,因为她和他算得清清楚楚,就是不拿他当朋友。

他那么努力地释放好意,想要拉近两人的距离,哪怕她站在原地不动,他也该靠近了些许,结果到头来发现,她在加速后退。

江月从没做过无功而返的事,唯独剪年,她是认真地想要拒他千里,怎能不让人生气。

时光很有担当地说:"这个事情我来解决吧,你带弟弟回家,其他的不要再想了。"

剪年知道时光人好,却没想到会这么好。

不管前世还是今生,他都想帮她,可是,她不能接受他的好意:"这是我的事,你不要插手。"

时光望着剪年离开的背影,感觉到她的倔强。

他心中隐隐有些不安,那天晚上她明明对他很温柔,不知道是不是太久没见的关系,总觉得她变得有些不一样了。

时光回去发现,江月还坐在地上没动,他挨着江月坐下说:"怎么对女生那么凶?不是你的作风。"

江月冷硬地说:"你不觉得她让人很生气吗?"

时光安慰他:"立场不同吧,你要是弄坏了我的东西,我大方地让你不用赔了,你反倒会觉得为难。"

江月说:"我不会,我真的就不赔了。"

时光认为:"我俩的关系已经好到不用跟对方客气的程度,可是我们和剪年才认识一学期，没有熟到那个份儿上吧。"

加之她又是轻易不与人亲近的性格。

江月不满地说："那我不是给她机会和我们熟起来吗？可她总是拒人千里，把人的好心当什么？"

时光笑着说："不是所有的人都和你一样是社交达人啊，江月同学。"

江月转脸，戏谑地说："哟，时光同学，你知不知道你一直在帮她说话？"

时光惊道："有吗？"

为了避开这个话题，时光一秒变身田螺姑娘，勤快地收拾屋子。

忙了好一会儿，垃圾都装满几大袋。

两人累了，仰躺在床上，头顶着头，舒服地伸展着四肢。

江月放松下来就犯困，迷迷糊糊快要睡着时，时光突然问："你明天在家里吗？"

"在。"

"我明天下午来找你。"

"好。"

剪年带着剪筠回家，奶奶关切地问东问西，生怕剪筠在外面没吃好，或是吃了不干净的东西。

第七章
泛泛之交的好朋友

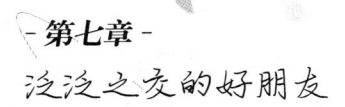

剪筠被江月黑着脸教训了两句,心情不好,愁眉不展地坐在沙发上不说话,剪年只好跟奶奶说他今天都吃了些什么。

奶奶听得将信将疑,总觉得剪筠生气是因为在外面没有吃到东西,关心地说:"筠筠,怎么不高兴啊?是不是饿了?"

剪年正想说他把人家东西打碎了的事,想问问奶奶的意思,看要怎么给江月家赔偿,还没来得及说,就见剪筠捂着肚子,脸色一变,身子一动,"哇"地一口,当场吐了。

奶奶一下慌了神,大喊着:"老头子,快出来,筠筠吐了。"

剪筠吐出第一口以后就完全止不住了,抱着身体,坐在那里吐个不停。

爷爷一看那场面也急了,马上给剪彦武打电话。

剪彦武正在仓库里检查存货,让父母赶紧把剪筠送到医院,他马上赶过去。

剪年淡定地跟奶奶说:"他今天吃了很多零食,还吃了一大碗面,应该只是吃多了,吐了就好了,没事的。"

奶奶见剪筠面色绯红,马上起身穿鞋子,拽着剪筠和老伴就要去医院。

剪筠才吐完精神不好,没心思说话,随便大人怎么摆弄,他都配合。

剪年问剪筠:"是不是吃太撑了?吐完感觉轻松了的话,没有必要看医生的。"

奶奶看到剪年就气不打一处来,一把将她推开了,说:"肯定是你带筠筠在外面吃了不干净的东西他才会吐的。万一他吃了过期的东西,食物中毒也有可能,哪有人好端端就吐的?你做错了事还不敢承认,一直说筠筠只是吃多了。你弟要是被你耽误了病情,看你爸不打死你。"

剪年不敢再出声,任由他们送剪筠去医院。

她清理干净地上的秽物,在衣柜里找了一套干净衣服装好,坐公交车给剪筠送到医院去。

剪彦武比剪年早到医院一步,剪筠的检查已经做完。

医生详细询问情况以后,再结合检查的结果,确定他只是因为吃多了给撑吐的,让他晚上禁食一餐,以后饮食上要注意,不能因为喜欢就一直吃。

剪年送来干净的衣服,剪筠在屏风后面自己换。

奶奶已经在走廊里和剪彦武抱怨:"你看看她,那么大个人,连弟弟都带不好,肯定是她只顾着跟同学玩,没有照看好筠筠,才会吃过量。筠筠那么小,不知道节制很正常,她是做姐姐的,难道还会不知道?整天就想出去玩,上次还回来得好晚,我都睡了她才回家。她就是玩心大,还不想带她弟,怕麻烦。你看筠筠就跟着她出去了这么一次,回来就吐成这样了。"

剪年拿着弟弟的脏衣服出来的时候,剪彦武看她的眼神就很不善了。

虽然只是虚惊一场,但奶奶腿脚不好又有心脏病,这么着急忙慌地往医院赶,万一心脏病犯了可怎么得了。

于是所有的矛头全都指向了剪年。

一行人回到家里,剪彦武当着全家人的面教育剪年:"你和弟弟这么多年没有生活在一起感情淡我能理解,但你要知道,血缘关系永远是最浓的关系,将来我是要比你们两个人先死的,你在世上能依靠的人就是你弟。你做姐姐的,不仅要让着他,还应该照顾他。他现在还不懂事,等他长大了,他会记得你的好,也会照顾你的。你那些同学,都是独生子女,他们哪有你幸福,有个弟弟跟你做伴,你要珍惜,知道吗?"

剪年比剪彦武更清楚剪筠将来长大了会是什么样,会不会对她好,可此时此刻,她只能认命地说:"我知道。"

剪彦武又说:"你的玩心不要那么重,弟弟还小,爷爷奶奶身体又不好,你都这么大了,多看看家里有什么事是你能做的,勤快点,别让老人家太累。你看这些家具,灰都积了多厚了,你不是在放假吗?打扫一下。"

剪年任劳任怨:"好,我明天就擦。"

剪彦武教训完剪年就去应酬了,他白天忙工作,晚上忙喝酒。

剪年现在看得很通透了,明白发生这样的事,大人总得找个人来责怪,她这只无人在意的替罪羊,自然是最适合的宣泄对象。

正因为明白其中的缘由,才更为伤心。

如果她还是个单纯的小女孩,她只会觉得委屈,她没做错任何事,却被教训了一顿。

此时此刻的她,所有的痛苦都源于发现身边的人不爱她,一点也不爱。

事已至此,她要是再说赔偿的事,想必也不会有任何结果,他们会把错都归咎到她的头上,然后让她自己想办法。

剪年省了四个月的菜钱,除了买书和给妈妈寄信用掉的,现在还有几十块钱现金。

眼看着春天就要来了,到时候衣服会越来越薄,内衣是必须要买的,不然会被同学耻笑和捉弄。

但春天不是还没来吗?赔偿却是眼前的事,只能想办法再存了。

剪年去找江月,在楼道里听见了吉他声,她知道是他在弹琴。

江月从小在音乐方面就表现出了天赋,学了两年吉他,手指头破了无数次,直到指腹上长出老茧。

木吉他的声音很好听,他弹的是《天空之城》。

剪年正在爬楼梯,顿生一种她爬的就是通往天空之城的阶梯的错觉。

江月是个天真烂漫的人,他喜欢那些美好如童话的事物。

剪年觉得他就是个不想长大的彼得·潘,永远如孩童般天真和任性。

看到剪年站在门口,江月有些惊讶。

这姑娘可不是那种有事没事就想缠着他的女同学,她属于非必要绝对不找他的人。

江月见她手上拿着一个红色的盒子,好像还有一封信,偏头就问:"情书?"

剪年不由自主地翻了个白眼:自恋成这样,让人挺无语的。

她把盒子递给他:"这是送给阿姨的一份小礼物,还有一封道歉信,请帮我一并转交给她。她的茶杯我赔不起,只能尽量表达我的歉意。"

江月看到剪年就知道肯定不会是好事，现在听她这么说，越发烦燥了起来。他本是温和地笑着的，现在已是冷若冰霜了。

剪年见他不接，只好把东西放在茶几上，说："那就麻烦你了。"

江月一把拽住她的胳膊，剪年被意料之外的动作吓了一跳，可是看他的时候眼神却是极为平静的。

她不怕江月，更不会因为他的举动产生任何反应，她已经不是那个靠近他一米内就会脸红心跳的小女孩了。

江月的身上很香，来源于洗涤剂的芳香。后来他们住在一起，剪年也一直用的这款洗涤剂。这味道勾起了她的回忆，那些和他在一起的日子，从眼前飘过。

她平静地将胳膊挣脱出来，淡声道："有事你说话，我又不会跑。"

意思就是：没必要拉拉扯扯。

江月哼笑了一声说："认识这么久，是不是只有我拿你当朋友，你完全没有这个意思？"

剪年其实想过，要把记忆中的江月和面前的江月区别对待，可是她害怕，如果她真的分清了两个人，她会不会再爱上江月？

可能性很大，毕竟一个人的喜好，是不容易改变的。

所以她不能给自己机会，不要感受他的温柔，不要接受他的好意，不要和他走近。

江月一脸受伤的表情，剪年觉得这样也好，更有利于和他保持距离。

她说："江月同学，我对朋友的定义和你不一样，只有和我很要好的人，我才称之为朋友，泛泛之交于我而言不是朋友。"

泛泛之交。

江月妈妈找到他的时候，发现就他一个人在房间里，也没开灯，奇怪地问："你怎么了？我还以为你不在家呢。"

灯亮了，江月因为久未见光，被刺激得眼泪都快出来了。

他适应了一会儿才说："茶几上的东西，是我同学送给你的。"

江月妈妈好奇地打开，然后惊呼一声："哇，好漂亮！"

江月随意地瞟了一眼，是一只蔚蓝色的大蝴蝶结。

江月妈妈赞不绝口："做工好精致啊，配色也很适合我。"

她把发饰放下去拆信，江月忍不住又看了一眼：蝴蝶结有三层，最底下的一层是浅浅的淡蓝色反光面料，中间一层白纱，最上面的小蝴蝶结是香槟色缎带扎的。

纯色搭配，又很有层次，是连身为男生的他也看得懂的好看。

江月妈妈看完了信就笑了，说："你们关系很好？"

江月问："信里说什么了？"

江月妈妈撑着脸颊笑："除了道歉也没说什么，只是，这么有心地给我选礼物，又不怕麻烦地登门道歉，这么郑重其事，是因为你吧？"

江月倒是希望剪年重视自己呢，但他不想跟妈妈谈这些："你就别多想了。"

江月妈妈把信放回信封里："这孩子态度真诚，礼物选得也好，比你更懂我喜欢什么呢。"

江月哼哼道："礼物选得是不错，但性格恶劣……"

江月妈妈闻言笑得很开心，青春就应该是这样的，闹些小别扭，说些口是心非的话，就是明媚可爱的青春时光。

她真心觉得："你的朋友们都很不错，年龄不大却很懂事，让我不禁开始反省，我是不是没有把你教好。"

江月不满地问:"我哪里不好?"

"要说性格恶劣,你也一样。明明前几天时光已经送了东西来道过歉了,你怎么还能收剪年的东西呢?"

事发当天,时光就把自己多年的压岁钱拿出来,去商场转了一圈,没看到同款的瓷杯,偏生有个花瓶和被打碎的杯子是一样的花色。

那个花瓶要三百多块钱,时光都被价格惊呆了。可是,道歉总得有诚意,不能说损坏了多少钱的东西,就赔偿那么多钱,人情是无价的。

那么贵重的花瓶,江月打死都不收,让时光拿回自己家里摆起来。

时光说:"你也知道我家的情况,黑灯瞎火的摆这么贵的东西,肯定会把它打碎。"

见江月还是不松口,时光又说:"反正我天天在你家玩,你把它放在显眼的地方,我每次来不就欣赏到了?"

江月说过,朋友之间是不需要那么客气的,而他和时光是好朋友,更不应该客气。

时光把话都说到这个份儿上了,他再没有理由拒绝,只是不解:"你为什么要替剪年赔?"

时光挠头:"那事也怪我,正玩游戏呢,我丢下她弟跑走了。她弟生气也是因我而起,怎么想都是我的责任吧。"

江月讪讪地说:"要这么追溯起来,那还是我摔倒的错呢……"

两人相视一笑,觉得不管怎么算都算不到剪年的头上。

江月本以为事情就那么过去了,未承想剪年竟然这么固执,还是登门赔礼道歉来了。

至于为什么没有把时光已经赔偿过的事情告诉剪年,江月叹息一声说:"你没见过她,不知道她固执起来有多让人生气,气得我都没想起来这件事……"

"噗……"江月妈妈笑着问,"那现在怎么办?把花瓶还给时光?"

江月:"他家能摆哪儿啊,先放这儿吧,等他家换房子了,我再送回给他。"

江月妈妈:"嘿嘿,一个花瓶我家摆摆,你家再摆摆,也挺有意思的。"

事后江月总觉得,时光和剪年的关系好像不一般,但又说不出个所以然。他也没跟时光提起过剪年,怕时光觉得他心心念念着一个那么别扭的女孩子,多丢脸呢!

过完年后不久就开学了,报名那天,大多是家长跟孩子一起来的。

剪年自己拿着钱办理交费手续的时候遇到了江月的妈妈。

和挂在客厅里面冷傲美丽的黑白艺术照不一样,她本人神采飞扬,很是灵动,看起来比照片上还要更年轻一些,是和蔚蓝色的蝴蝶结十分相衬的大美人。

江月抬眼看到剪年办完手续走了,本想打个招呼,碍于妈妈在场,怕尴尬,终是没有喊出声。

江月妈妈望着剪年离开的方向说:"就是她?"

江月装傻,边挠着头,边往前走说:"哪个她?"

江月妈妈笑着调侃他:"你目不转睛看着的那个女孩子是不是送我蝴蝶结的人?"

江月羞恼地反驳:"我没有目不转睛!"

江月妈妈:"是,是,你只是痴痴地望着人家而已啦……"

江月："你琼瑶剧看多了，我的鸡皮疙瘩都起来了，你看！"

上午报名，下午返校。

时光终于有了正大光明的理由去找剪年，他站在楼下，心跳得很快，正当他准备喊的时候剪年已经走到了他的身边。

猛然间看到想见的人，时光手足无措。

剪年笑言道："我估摸着你是这个点到，就直接下来了，走吧，去叫其他人。"

时光赶忙跟上去说："新年好啊。"

两人上次见面已经是去年的事了。

剪年道："你也新年好。"

十来岁的孩子，对男女感情之事，就是雾里看花，水中望月，虚得很。剪年什么都懂，节奏自然掌握在她手里。

转眼到了三月，剪年过生日。

李思文考虑到剪年即将毕业，同学们将会到不同的学校继续读书，这一分别可能就是永远了，提议给她办个热闹的生日宴会，邀请相熟的朋友都来参加，大家开开心心地聚一下。

剪彦武则有别的思量。

李思文虽然年纪不大，但性格温柔，处事周到，还比他整整小了十几岁，每次出门带着她都让他倍感有面儿。

他早就萌生了和李思文定下来的心思，可他已经有过一次失败的婚姻，再结婚的事，还需要谨慎考虑，毕竟离婚也是一件很麻烦的事。

剪彦武是家中长子，父母肯定是要随他生活的，大儿媳妇伺候公婆就是板上钉钉的事,他想让李思文在结婚之前先试着和公婆相处看看,于是李思文就住进了剪家。

两室的房子住五口人已经很拥挤了,现在李思文住进来,两个孩子就只能睡客厅。

剪彦武想换套大点的房子,奈何正值开学季,一套空房也没有。

那天剪年的姑姑剪蓉来看望母亲,奶奶就忍不住说起了剪彦武的烦心事:"蓉蓉,你大哥这个事,我真的很着急。他一个四十几岁的男人,没老婆像什么话?现在这个李思文吧,我不太满意,但是他喜欢,我想也行吧,毕竟是他找老婆。可是你大哥的情况你也看到了,外人以为他多有钱,其实这些年赚的钱又都投到生意里了,两个孩子都在读书,哪儿都要花钱。最近他手头紧得很,前两天还跟你爸借了五千块钱,说最近财务那儿都没钱可以支。你说他赚了多少钱我们不知道,用哪儿去了我们也不知道,是不是得有个女的管管他了?"

剪蓉是知道哥哥的,有钱的时候根本不回家,外面狐朋狗友多得很,天天在外面花天酒地,夜夜笙歌,挥霍不起,捉襟见肘了才会回家。

家人说了他很多次,他每次都反驳得很大声:"你们懂什么,我维护的都是关系!我那些朋友的能耐大,需要的时候,我一句话,人家就帮我了。请客怎么了,请得动人,那是人家给我面子,换个人去请,人家还不愿意赏脸呢。"

家人拿他没办法,毕竟他自己赚的钱,要怎么花、花去哪儿,旁人说了也没用。

剪蓉叹道:"妈,大哥这些年陆陆续续地跟我也借了不少钱,当初他可是承诺要按一毛的利息还给我的,结果呢,都快五年了,也没见他还我一分钱。他现在一个人养两个孩子不容易,我也不想落井下石,就没催他还钱，其他的，我也帮不上忙。"

奶奶一听到剪彦武欠债的事简直一个头两个大，她这个宝贝儿子，能赚也能花，本事是大大的有，胆子也是大大的有。

她还是很偏爱儿子的，一心想为儿子扫清障碍，于是把盘算了很久的事说了："蓉蓉，有个事我想跟你商量，你别急着答复我，好好考虑一下。你今年也三十多岁了，和小王在一起这么多年，他一直盼着你给他生个儿子，可是你一次都没怀上过。你也知道，女人年纪越大，就越没有可能了。"

这是剪蓉的心病，奶奶说的小王，其实是个有妇之夫，和剪蓉在一起已经五年了。他有个八岁的女儿，一直想要一个儿子，但是他老婆是个很强势的人，说不生就不生，现在都快四十的人了，更不可能生了。

剪蓉和他在一起的这些年，他在钱财方面出手很大方，两人在一起时就说好了，他不会离婚，只要剪蓉给他生个儿子，他就买套房子给她，养他们母子俩一辈子。

剪蓉但凡有得选，也不想选这条路，可她的人生就是一步错步步错。

年轻的时候，遇人不淑，被一个小白脸骗到大山里去结了婚，那里条件极差，日子苦不堪言。后来小白脸重操旧业，骗女生卖到山里给人做媳妇，遇上全国严打，被以拐卖妇女罪给判了刑。

剪蓉被解救出来后，到城里投靠大哥，家人都嫌弃她不明不白地结了一次婚，前夫还是个犯罪分子，都有些看不起她。

后来她机缘巧合认识了王虎，王虎有钱，出手大方，对她也很好。

剪蓉生活在一个没有温度的家里，有个男人愿意温柔待她，那就是她所向往的。

她渴求那点温暖，就算明知道王虎在县里有老婆，她还是咬牙跟了他。

这五年，吃穿用度、给老人治病、帮贴家用等，王虎没少出钱，但剪蓉别说生儿子，肚子从来都没有过动静。

奶奶给剪蓉做思想工作："你大哥现在养两个孩子，负担太大了，剪年又是个丫头，他一个大男人，咋教，咋带？好多事情他都不方便说。你年纪也这么大了，半个儿女都没有，将来你老了，谁照顾你呢？我的意思是，不如，你先把剪年抱养了。她给你一冲喜，指不定你的肚子就会有动静了。最坏的情况是你始终怀不上，但也有她给你养老了不是？虽然她不是你亲生的，但跟你有血缘关系，总比来历不明的人要好。再说了，她读书可行了，将来说不定就出息了，考个大学什么的，到时候好好报答你的养育之恩。再不济，她嫁个人，那不是还有女婿一起孝顺你吗？"

剪蓉喜欢小孩子，对剪年多有照顾，两人感情很不错。

只是抱养的事，说起来是一句话，做起来就意味着很大的花销。

剪蓉有些为难地说："抱养孩子，不是都不会告诉孩子亲生爸妈是谁吗？剪年都这么大了，什么事都瞒不过她。"

"现在先不告诉她，等她跟你的感情好了，像母子一样，你再跟她说，那时候她就能理解了。说不定你抱养了她以后，就怀上了，那你再把她送回来就是了。"

"那以后的生活……"

"学费你大哥都交了，你管她吃住就好。"

剪蓉没有当即答应，去和王虎商量。

王虎觉得剪蓉身边有个孩子做伴是好事，他经常不在剪蓉身边，剪年可以陪她，挺好的，而且，一个孩子也吃不了多少钱。

前几天剪蓉就跟母亲说了，让找个时间把剪年的东西搬到她家里去。

这事剪彦武也同意了，虽然事实是抱养冲喜，但完全可以当作是妹妹帮他养孩子，大家本来就是一家人。

李思文恰巧在这时候说要给剪年办生日宴会，剪彦武想等女儿过完生日就送去妹妹家生活，要求生日会要办得热热闹闹的，算是补偿她吧。

剪年突然被告知说可以请同学来参加她的生日宴会，请多少人都可以。

她一个转学生，一学期下来连班上的同学都没认全，朋友更是屈指可数。

因为上次贸然地参加了时光的生日会，这次回请是必然的，但又不可能只请时光一个人，显得她好像没朋友一样。

她试着跟六人小队说："我爸要给我办个生日会，周末你们有空来玩吗？"

大家一起在江月家和乐融融地吃过一次剪年亲手做的炸酱面以后，除了安雨濛，基本已经默认她是新加入小团体的第七人了。

半大孩子的恩怨情仇来得快去得也快，相处久了，也就融洽了。

剪年第一次主动提出邀请，大家当即就答应要去。

唯有安雨濛一时没有表态，剪年觉得无所谓，她不去才是最好的，免得分分钟公主病犯了，全世界都得伺候她。

结果，安雨濛在第二天很郑重地答复剪年说："我会准时到。"

剪年当时就在心里怒掀一张桌子：这跟预想的不一样！

剪年从来没有真的成为这个团体的一分子，所以她不懂，所谓团体的意义和规则。

当这个团体去参加一个活动,唯独某一个人没有参加,格格不入的就是那一个人。

安雨濛很重视这个团体,当大家都选择要去以后,她成了没有选择的那一个,她不能被孤立了。

就目前的形势而言,大家都接受了剪年,她一个人的好恶改变不了这个结果,她现在要么接受剪年,大家其乐融融,要么继续和剪年作对,让小伙伴们为难。

思前想后,安雨濛觉得,剪年的生日宴会是个适合两人握手言和的场合。

剪年生日那天,小伙伴们在约定的时间里陆陆续续地到了剪年家。

让剪年没想到的是,每个人都带了礼物。

剪年把礼物暂时放在茶几上,没时间拆就忙着给大家倒水去了。

奶奶见礼物在茶几上放着挡事,就把东西都拿到书桌上放着。

大家第一次来她家,都想参观一下。

剪年家小,没什么可参观的,就把大家带到阳台上看她养的花。

山茶花今日很争气地开得特别艳丽,此处还能看到时光的家,大家七嘴八舌地聊了起来。

剪筠一直想加入哥哥姐姐们的团队,但他上次在江月家里打碎东西,既没有道歉也没有承担任何责任,加上年龄差,六人小队和他也不熟,就没人搭理他。

他坐在书桌边,羡慕地看着阳台上那群聊得火热的人,感觉自己被孤立了,心里很不痛快,顺手拿起文具盒发泄般地砸东西。

李思文接到电话,去叫剪年他们:"同学们,准备去餐厅了。"

剪筠跳下椅子就跑了出去，大家经过书桌的时候，时光一眼瞥到他送的礼物盒子变形了。

他拿起来确认，疑惑地说："盒子怎么凹下去了？"

剪年问他："这是你送我的礼物？"

时光："嗯。"

剪年好奇地问："是什么？"

时光笑："你打开就知道了。"

剪年当即拆开，盒子一打开，大家都傻眼了。

那是一个心形的音乐盒，盒盖上有精美的雕花，可盒盖已经变形。打开盒盖，碎玻璃"哗"地掉进音乐盒里，躺在红丝绒上的芭蕾舞者落了一身玻璃碴。

大家都还没反应过来，时光已经把东西从剪年手上接过来了，说："小心玻璃扎手。"

剪年忙得还没拆过的生日礼物，怎么就碎了呢？

时光尴尬得无地自容。

剪年看到桌上的文具盒不是她收拾好的样子，显然被人动过了，她顿时猜到了是怎么回事，歉意地说："对不起，可能是我弟弟……他不是故意的。"

时光一听不是自己的原因，这才松了口气，说："没关系，我再买一个送你。"

剪年满脑子的疑惑，怎么会有情绪这么稳定的人啊？

她相当于是再世为人的阅历和心智了，自认遇到这样的事情都不可能像他一样冷静应对，他一点都不生气的吗？

"镜子碎了也不影响它的功能，我把它清理一下，它还是可以跳舞的。"剪年示意时光把东西放下,"先去吃饭,等我有时间了再慢慢弄。"

时光知道,这种不愉快的事就应该让它尽快翻篇,所以剪年给出方案以后,他便依了她的意思。

时光不知道的是,此后很多年,剪年收到过许多贵重的礼物,但她最宝贝的,始终是这个一开始就坏掉了的音乐盒。

剪彦武十分难得地推掉了所有应酬,陪女儿过生日。

他吃饭总要喝点酒,在座不是老人、女人就是孩子,他开玩笑地问:"你们一个个都长得这么高大,已经是大男生了,喝点啤酒怎么样?"

男生调皮,谁还没偷喝过爸爸的酒呢?只是品不出好坏。

现在有大人邀请,一个个像是拿到了免死金牌似的,跃跃欲试。

剪年声音不大不小地说:"时光,你可不要喝,变成笨蛋的话就考不上大学了。"

男生们心中一凛,交头接耳起来:"喝酒会变笨吗?"

"没有这说法吧?"

"可是,眼看要考试了……"

"那还是不喝比较好。"

最后,大家一致决定做个乖宝宝,滴酒未沾。

吃完饭,剪彦武有点微醺,他想休息一会儿醒醒酒,再跟大家会合,让李思文带小朋友们去 KTV 唱歌。

江月到了自己的主场,当然要表现一番。

大家进了包厢都是先坐下,江月却是迫不及待地去选歌。

李思文挨着剪年坐,神秘兮兮地问:"你老实告诉我,哪一个是你欣赏的男生啊？"

剪年完全没想到她会问这种问题，矢口否认："没有啊。"

李思文轻笑着说："你别骗我，我都看出来了。"

剪年听她这么说就很好奇，自己和时光整晚都没怎么接触，就连吃饭的时候也没有挨着坐，李阿姨不至于火眼金睛至此吧？

结果李思文还真是个心细如发的人，她很笃定地说："是时光吧？虽然你们明面上没什么交集，但他一整晚都在看你。"

眼神是骗不了人的，喜欢一个人的时候，会有一些下意识的行为，就连时光自己也不曾察觉，他总是有意无意地在看剪年。

江月唱了几首歌以后，大家起哄说寿星也必须来一首。

剪年不擅长唱歌，但有一首老歌叫《I SWEAR》，她唱得不错。

江月曾因为她喜欢这首歌，找了吉他曲谱，为她伴奏，所以这首歌其实是江月帮她练的，果然她一开口就镇住了在场所有人。

大家以为她歌唱得极好，但深藏不露，实际上她只有这一首保留曲目。

剪彦武和KTV的老板认识，剪年刚唱完歌就有人推进来一个大蛋糕，大家一起欢快地唱起《生日快乐》。

小伙伴们说："许个愿。"

剪年的愿望，有且仅有一个，那就是排除万难也要走康庄大道，过好这一生。

她闭着眼睛，认真且虔诚地在心中默默许愿，就听剪彦武突然说："你们还不动手？"

剪年还没反应过来，脸上已经被人抹上了奶油。

大家笑她大花脸的时候，她抹了一把自己的脸，伸手就朝最近的人糊了过去。所有人都主动或是被动地加入了抹奶油的战斗之中,最后一个个全成大花脸了。

剪年长这么大,第一次生日过得这么热闹,笑得这般开怀。

第八章
读书的意义在于选择的权利

那天晚上回家,剪年拆了大家送的礼物,江月送的是一只水晶鞋,只有半个巴掌大,是个流光溢彩的纸镇。

剪年哼哼着说:"以为自己是王子啊?还送水晶鞋……"

安雨濛送的笔记本很漂亮,浅棕色的封面,丝带作结,因为是名牌,可以终身免费更换笔记本内页——不愧是土豪,出手就是大方。

笔记本里夹着一张卡片,上书:剪年同学,谢谢你请我参加你的生日会,我过生日的时候也会邀请你的。

剪年盯着那张卡片翻来覆去看了很多次,直接笑喷。安公主那么高傲的人,竟然主动跟她握手言和了。

她完全可以想象,安雨濛是经历了多少挣扎才写下这句话的。

时光送的音乐盒可以正常响起《致爱丽丝》的音乐,因为它是唯一损坏的礼物,所以剪年对它的印象最深。

不管是生日宴会还是生日礼物,都是剪年的记忆中没有发生的事。

每当发生一件她记忆中没有的事的时候,她总在想:我和他们一起长大,互相影响,如果我的未来是可以改变的,江月是不是也可以走向截然不同的未来?

奶奶不耐烦地说："还不快睡，大晚上弄得乒乒乓乓的吵死人了。"

第二天一大早，剪年还沉浸在生日宴会的欢喜之中，奶奶就通知她赶紧打包行李，搬去姑姑家暂住一段时间。

所谓的暂住，就是一去两年。

她本以为，只要乖乖听话不顶嘴，把学习搞得好好的，多做家务，马力全开地发挥出她的功能性，就能讨好奶奶，不被爸爸送养了。

虽然这个家没太多值得她留恋的东西，但这就是她的家，她为什么必须离开？

好多记忆中不存在的事发生了，她以为被送给别人家养的事就有可能不会发生。

结果，它如约而至。

剪年说："姑姑家离学校那么远，我上学不方便，反正我一周才回家一次，我睡沙发就可以了。"

奶奶说："你一个女生，睡在人来人往的客厅像个什么样子？你可以转学上二中啊，离你姑姑家很近。"

剪年说："二中不是重点高中。"

奶奶说："什么样的学校都有好生和差生，难道你上重点高中就一定能考上清华北大？"

考不上清华北大的剪年沉默了。

奶奶继续劝她："你爸让你李阿姨搬来家里是好事，你做女儿的应该多为他着想，将来他老了需要人照顾，不是你李阿姨难道还能指望你天天守着他吗？"

剪年知道李思文不会嫁给爸爸，因为住在一起以后，李思文就会发现未来婆婆是那样尖酸刻薄、难相处的人，直接绝了她想嫁给剪彦武的心。

小孩子的意见在大人眼里那就不叫事儿，让去东边，就不能去西边，让做什么，就该服从，这就是家长的传统思维。作为传统的绝对维护者，奶奶觉得剪年唯一应该做的事就是听话。

所以挣扎无用，剪年还是如记忆中那样，搬到了剪蓉家。

剪蓉租住了一套一室一厅的房子，大部分时间一个人住，剪年依旧睡客厅，还是一张钢丝床。

从一个家到另一个家，感觉什么都变了，又好像什么都没变，她还是像一株角落里的野草，不敢显眼，也不敢惹人心烦。

剪年发现，清醒的痛苦比无知的伤心更难挨。

记忆中的她直到离开姑姑家，都不知道自己是被抱养给姑姑了，只以为是那段时间家里人太多太拥挤，她来暂住。

现在的她却是知道真相的，但她依旧想不明白，为什么于爸爸而言，她是累赘、是负担，是在他有需要的时候可以随便抛弃的存在。

他明明就对她有应尽的责任和义务，他应该无条件地爱她，对她尽职尽责进行养育才对！

剪年的痛，比第一次经历的时候更甚，因为她看清了，没有人爱她的事实。

她接受现实，且不会自怨自艾。

她这么好，早晚要成为闪闪发光的人，到时候，那些势利眼的人的"爱"就会觉醒了，但那时候，她可就没那么好高攀了。

王虎出资给剪蓉开了一家小火锅店，她要管员工、守店和收银，总是很晚才回家，周末的时候店里生意好，基本上凌晨一两点才回家。

剪年和姑姑几乎见不到面，两人同时在家的时间本就不多，作息还是反的，唯有周末能短暂地打个照面。

姑姑白天都在睡觉，剪年休息在家就自己做饭吃，到了晚餐那顿，她会做好两个人的饭菜，然后把姑姑叫醒。姑姑吃完了会给她一周的生活费，再赶去店里忙。

这就是奶奶说的："你是女孩子，跟姑姑一起生活方便些，那些女人的事，她都好教你。"

周末两天，剪年除了管好自己的学习和生活，还要照顾姑姑，她不知道同龄人能不能承受这样的生活，但她可以。

没有奶奶的唠叨，一个人独处，其实正是她想要的清静。

她早就习惯了孤独，学会了和自己相处，她有很多事情要做，一点都不觉得寂寞。

人是最能适应环境的动物，像剪年这般坚韧的人，适应得只会更快更好。

一个暑假过去，男孩子们陡然拔高了一大截，还都晒黑了。

一问，原来是暑假去漂流、夏令营、游泳……玩得都很嗨就对了。

安雨濛出现的时候白皙依旧，一手绞着长发尾，一手递了个小包裹给剪年，状似随意地说："喏，在日本给你买的礼物。"

顿了一下，她又补充道："大家都有，不是只给你买了。"

剪年打开包裹就闻到一阵芬芳，拎出来是一瓶香水，只有小手指大小，瓶身是蓝色的，非常漂亮。

安雨濛依旧用鼻孔看她，说："这个可以挂在脖子上，用完以后可以灌装香水，也可以在里面种瓶养植物。"

剪年只顾着把玩礼物,也没接话。

安雨濛先绷不住,嘟嘴道:"你这人咋这样,送东西给你都不知道声谢啊?"

剪年笑了起来,十分干脆地接口道:"谢谢您嘞!"

这下轮到安雨濛愣住了,没想到冷若冰霜的剪年同学,居然会对着她笑。

这简直就是天地要异变的前兆啊!

安雨濛心里怕怕的,转身找其他小伙伴去了。

时光这时候才对剪年说:"安安只给你和江月买了礼物。"

剪年望着他说:"你想要啊?送你。"

时光"噗"的一声笑了起来说:"一个暑假不见,你变了好多。"

剪年问:"哪里变了?"

"会笑了。"时光温柔地望着她说,"还接受安安了。"

剪年发现,时光是个活得很通透的人。

六人小队的其他人都以为是安雨濛排斥剪年,唯有时光发现了,剪年更讨厌安雨濛。

排斥不难懂,不了解一个人,或是第一眼印象不好,都可能产生排斥心理,但是讨厌一个人一定会有很具体的原因。剪年从第一次见面就非常讨厌安雨濛,这是时光至今仍未想通的事。

"如果世界一定要以痛吻我,那我就要抽世界一大耳刮子。"剪年轻笑着说,"既然讨好和逃避都得不到我想要的,那我就要正面迎击。"

时光常常听不懂剪年在说什么,而且不觉得她和安雨濛之间的矛盾激烈到要"迎击"的程度。不过,他很喜欢她现在的神情,明亮的眼睛和微笑的脸,那是他想要守护的。

江月是个闲散的性子,虽然聪明,但是不喜欢努力,更不想"卷",对语文老师要求必须背诵完当天刚学的文言文篇章才能离校这件事,他表现得十分抗拒。

同学们都很努力,要么抄写、默写,要么捂着耳朵畅读,用适合自己的方式记忆。

剪年顺读了两遍就全都背下来了,她本来记性就好,这又是背过的课文,古早的记忆翻出来抖一抖,就连接上了。

她一抬头,看到江月趴在课桌上睡觉。

她不客气地敲了江月一下,他乍然惊醒,看到是她,不耐烦地说:"干吗?"

剪年说:"背书。"

江月不满:"你是老师还是课代表?管那么多。"

剪年难得主动提出要帮他:"你觉得哪里不好记,我给你讲讲,你理解记忆。"

江月烦躁地把书甩开了说:"对我来说哪里都不难记,我就是不想背!"

剪年说:"不想背就回不了家。"

江月不信:"她还能把我关在这儿一夜不成?最烦这种应试教育的老师了,就知道背书……"

剪年淡声问:"那你能脱离应试教育吗?现在就出国?国外的学生就不用好好学习了吗?你真的太幼稚了。"

江月奇怪地睨着她说:"你今天心情这么好?突然跑来跟我讲大道理。"

剪年沉默了一瞬,语重心长地说:"时光说,想到寒窗苦读十二年这件事有你们作陪，就觉得也不是那么辛苦了。我希望如他所愿，我们几个人能一直在一起读到高中毕业，不在一个班上也行，起码得在一所学校里吧？"

江月桀骜地说："你怎么知道我一定会跟不上你们？"

剪年指了一下窗户外面说："时光已经去过关了，我马上也要去，要我们等你放学一起走，还是你在教室里过夜？"

江月被她彻底刺激到了，一下坐端正了，无声地背诵。他不是做不到，只是性格别扭，需要人疏导。

那天傍晚，大家一起踏着夕阳的余晖走出校门。

江月很是感叹："我一直在想，读书读得好又怎样，将来工作了，还有要用到绝对值的地方吗？有需要背唐诗宋词的场合吗？和赚钱有任何相关吗？"

大家听了也是心有戚戚焉，这是大家共同的疑惑，只是好学生不会问那么多的"为什么"，只会服从老师的教学要求，达到老师的标准，而不是想要和老师对着干。

就在大家以为这个问题不会有答案的时候，剪年忽然说："你设想一下，当我们毕业以后，你偶遇老同学，他问你考到哪所学校了？如果你考上的是好学校，绝对会不假思索地告诉他，因为你不会隐瞒值得炫耀的事。但是，如果你考上的学校很差，别人问起，你根本就不想说。这就是好好读书的意义，不会因为母校不够好而尴尬和难堪。我们学这么多知识，还有一个更重要的原因，将来我们或许不会成为研究方面的人才，只是个普通上班族，但一定有同学会进入科研领域，去拓展人类知识的边界。他不学，或是从没接触过这些知识，又怎么会知道他是否擅长这些学科呢？"

江月那么要面子的人，光第一点就足以说服他了。

他天生有外貌优势，还有学习天赋，这两样加起来，注定他要成为一个闪闪发光的人。

他立志要成为让人仰望的存在，所以就算是为了自己的面子，也要向着一流学府的道路笔直地前行！

剪年那天回到家的时候看到总是晚归的姑姑在家里，吃了一惊。现在是店里生意最好的时段，姑姑怎么会在家？

下一秒，她就想起来了。王虎的老婆知道了姑姑的存在，找人砸了小火锅店，姑姑伤心地躲回家里，王虎一直没有出现。

小剪年什么都不懂，姑姑也没跟她说，她就自己洗洗睡了，第二天才知道姑姑枯坐一夜到天亮，以泪洗面一整晚。

现在的剪年看出姑姑哭得很伤心，头发又乱糟糟的，肯定是被人打了。

她倒了一杯温水给姑姑，装作什么都没发现地说："姑姑哪里不舒服吗？喝口水。"

剪蓉躺在床上哭了很久，头昏脑涨，加之一天都没吃过东西，人也饿得慌，听见剪年的话就坐起来靠在床头，就着她的手喝了水。

剪年温柔地帮剪蓉理好头发，问道："你想不想吃东西？我给你下碗面。"

剪蓉在这一刻十分庆幸收养了剪年，在自己最无助的时候，陪着她、照顾她的人，是她付出了心血和金钱的女孩儿。

剪蓉诚实地说："我很饿。"

剪年满口答应："那我搞快点！"

剪年在客厅的炉子上忙活，剪蓉打开电视看。

小桌板架起来，热腾腾的面也到了眼前，剪蓉边吃边掉眼泪。

王虎的老婆把店砸了，将她打了，还当面辱骂她，那些话太难听了。

她一直都知道自己是第三者，但她从没想过要破坏王虎的家庭，只是默许他同时拥有两个家庭。

她以为自己和其他的第三者不一样，结果在人家的老婆面前，什么样的第三者都是一样的贱货。

王虎也在场，他老婆指着剪蓉的鼻子骂脏话，他都只在一边哄劝老婆离开。他老婆带的人当他面把店给砸了，他也没说一个"不"字。

员工们都看见了，现在所有人都知道老板娘是个小三。

那家店她是没有脸再开了，就算厚脸皮地再开门，生意也是没法做的——店里闹出那么大动静，一日之内，周边的人都会知道发生的事。

剪蓉好不容易经营上正轨的店就这样毁于一旦，资金还没回笼，脸也丢尽了，一想起这些，她就悲从中来。

剪年状似随意地问："王叔叔今晚来吗？"

她当然知道王虎今天不会来，老婆都打到城里来了，得先稳住大后方才行啊，所以他其实十天半月都不会来。

提到王虎，剪蓉就心塞。

他对她挺好的，给她租房子、给她钱花、给她开店，偶尔过来住一下，也不给她添麻烦，最多让她买点下酒菜，都不舍得让她亲自下厨。

这么些年了，剪蓉对王虎也有感情，就算她一辈子不能见光，以后为他生个儿子，也就有了一生的依靠。

剪蓉对王虎还有留恋，导致她没有认清一件事，既然王虎的老婆已经发现了她的存在，他们再不断了关系的话，他老婆那么彪悍的女人，会放过她？

就剪年所知道的,这事情不算完。

王虎等风头过后又跟剪蓉在一起了,还给她重新开了一家店,只是这次行事更为隐蔽,但最终还是被他老婆发现了。这一次,他老婆就不是直接带人来砸场子了,而是报警说剪蓉的店里藏毒和容纳吸毒人员。

王虎的老婆也是有关系和脸面的人,涉毒又很敏感,警察就算是按整个流程走,剪蓉也被折磨了个够呛。

和毒品有关的涉案人员,首先就是搜身、验尿,处理期间还不许离开,怎么也得拘留十几个小时以上。

剪蓉是被脱光了所有衣服供人检查的,还要裸着身体做下蹲和各种检查动作,在没找到毒品的情况下,在看守所里待了一夜后才回家。

就剪年知道的,那件事给剪蓉留下了很深的心理阴影,也是她酗酒的初始原因。

失去的尊严找不回来,她每天都陷在自我否定里,只能靠酒精麻痹自己,好巧不巧,酗酒后她怀上了孩子。

烟酒不沾五年都没怀上孩子,酗酒以后怀上了,老天爷真的好像是有意耍她。

产检结果不太好,医生建议这个孩子最好不要留,因为母亲抽烟喝酒都很严重的关系,孩子不健康的概率很高。

剪年记得姑姑一意孤行,坚持到怀孕六个月的时候,最终确诊婴儿的心脏发育有问题,不得不做了引产。

医生最初说婴儿不会是健康的,姑姑就一直提心吊胆,但始终抱着一丝侥幸,万一是健康的,她就有孩子了。

所以那六个月,她每天都在遭受巨大的精神折磨——孩子不健康的话，一定是她的错。

结果，六个月的惶惶不可终日折磨得她精神都恍惚了，事情还是没能如愿。

孩子被处理掉以后，剪蓉精神彻底崩溃。

她本来就因为孕期焦虑和小产导致身体虚弱，自责和懊悔压垮了她的精神，接着就大病了一场。

等到剪蓉身体康复出院的时候，人不仅憔悴得不成样子，还变得有点疯疯癫癫的，像祥林嫂一样整日里碎碎念。

王虎也不是非她不可，既然五年都没给他生出个儿子，他就得再找一个能给他生儿子的姑娘，于是和剪蓉彻底断了关系。

剪家的人越发觉得剪蓉丢人，以前还有年轻、漂亮、能干的优势，现在这般疯疯癫癫的，更难嫁出去了，对她的态度越发不好。

这时大家已经都想不起来，剪蓉和王虎在一起的时候，王虎对剪家很大方，还借了不少钱给剪彦武，也没少给爷爷奶奶孝敬钱的事了。

人性就是这样，对待风光的人和落难的人，态度是完全不一样的。

在剪年看来，姑姑是个温柔又善良的人，年纪一大把了，还是很傻很天真，别人说什么她都愿意相信，滥好人一个。

可正因为她滥好人的性格，才会给剪年这个亲爸都不想要的孩子，那么多的关爱和支持。

让剪年长大后回忆起来，还愿意相信，这世上有人爱她。

现在的剪年想要帮姑姑，不让她再被人伤害，希望她健健康康的幸福终老。

那天晚上，剪年主动要求和剪蓉一起睡。

剪年随口提起："有天晚上我在钢丝床上睡不暖，实在是冷得厉害，就到你床上来睡了，你这床被子真的好暖和。"

剪蓉这才惊觉："是哦，转眼就是十二月，我是得给你买床厚被子了。"

剪年故作天真地说："又要花钱？其实我可以跟你睡，这样既暖和又省钱。"

剪蓉考虑的是："你王叔叔来的时候，你还是得睡外面啊，被子要买的。"

剪年张口便说："王叔叔也可以跟我们一起睡啊！"

剪蓉只当她是天真烂漫的孩子话，笑着说："你都这么大了，哪能和王叔叔睡一起，不羞啊？"

剪年接下来的一句话，让她意识到事情的严重性："可上次王叔叔就在我旁边睡。"

剪蓉面色大变，追问她："什么时候的事？"

剪年边回忆边说："就是上次我在你床上睡着了，然后他也来一起睡了。"

剪蓉声音发颤，尽量控制住了，继续追问："他只是睡在你旁边吗？"

剪年嬉笑着说："我们盖一床被子呢，特别暖和！"

剪蓉的脸瞬间煞白，只是黑暗中看不到。

她脑子里一团混乱，手心都出汗了，还是不得不小心地问："王叔叔，有……有挨着你吗？有碰到你的身体吗？"

剪年轻快地说："有啊！他抱着我说他女儿跟我一般大了还是喜欢和他一起睡。所以我也可以和他一起睡，但他的胡子好硬哦，扎得我的脸痛，我不太喜欢。他就把我抱到外面的床上睡，然后你就回来了。"

剪蓉脑瓜子"嗡嗡"地响。

"抱着""胡子"……这些词在特殊语境下太可怕了。

她不敢想象王虎都对剪年做了些什么，试探着问："他有没有做什么，让你觉得难受或是痛的事？"

剪年回想了一下，说："那天我肚子有点痛，王叔叔帮我揉肚子了……"

剪蓉边听边落泪，在黑暗中无声哭泣，不敢让剪年知道。

后来，王虎再出现的时候，剪蓉连说话的机会都不给他，疯狂骂他是禽兽，把他劈头盖脸地打了一顿之后扫地出门，正式断绝了两人的关系。

剪蓉跟王虎完了，就没有了生儿子的迫切需求，抱养剪年冲喜的事也就不需要了。

剪年提前回到了自己的家。

果然，"当生活以痛吻我，我就正面揍它"的策略是正确的，有些事如果不可避免地要发生，那就尽情地发生吧，她也会随机应变，让事情朝着有利于自己的方向发展。

就看命运和她，谁更顽强。

剪年之所以选择这个机会回家，是因为这段时间以来，李思文和奶奶相处得并不好。

李思文在家里可是万千宠爱于一身的小公主，在剪家不仅要伺候全家老小，还要处处忍让，老人说的无论对错她只能听着，都不许反驳。

环境会改变人的性格，李思文一开始也很听话地照做了，以为所谓的婚姻和做人儿媳妇就是要改变要经受这些事。

但她受过教育的大脑以及多年被父母宠爱的生活经历告诉她"这

不是你想要的生活"，她乍然清醒，然后决绝离开。

她愿意为爱情做出让步，也知道为人妻子要为家庭和睦牺牲一些自我个性，可是，排在所有身份之前的，首先是她自己。

她爱自己，所以要找爱她的人，嫁入懂得尊重她，而不是只想改变和奴役她的家庭。

李思文离开以后，剪彦武交了一个新女朋友。这次是一个失婚女性，她有自己的房子和一个五岁的女儿，剪彦武已经搬到她家里去住了。

家里少了两个人，剪年才能顺理成章地搬回家去。

和姑姑一起生活的日子，剪年其实挺开心。

姑姑脾气性格好，比爸爸更关心她，定期给她零花钱，让她自己买饭吃。

剪年从嘴上省下一小笔钱，给自己买了两件小背心先应付着，用剩下的钱买了生日礼物给妈妈寄去。

孩子这么懂事，小小年纪就知道体贴大人，田薇收到礼物的时候高兴得直哭。没过几天就寄了两百块钱给剪年，说是给她的零花钱。

田薇一年多没见过孩子了，甚是想念，说想要一张两人的照片。

剪年带剪筠到公园里拍了两张喜笑颜开的照片给妈妈寄去。

妈妈看到孩子们都长高了，更想念了。

看到照片她也意识到，自己之前买的衣服尺码可能不对，而且两个孩子都没有穿，想来不是小了，就是不喜欢。

后来田薇就不再买东西给孩子们了，直接存钱到剪年的账户里，让她吃穿都拣自己喜欢的买。

剪筠一直很羡慕同学们过生日有大蛋糕吃，到了他生日的时候，剪年在本市最好的西点店订了一个巧克力蛋糕给他，价格贵到她自己生日都舍不得买。

结果剪筠并不高兴，整天都气呼呼的，还一口都不吃。

剪年不知道他闹什么脾气，她自认做了姐姐该做的事，就没有多管。

结果第二天晚上爸爸就回家了，见到她就冷着脸问："你妈给你钱了？"

剪年老实地承认："嗯。"

剪彦武认为："那是给你和剪筠两个人的，你怎么能一个人花？"

剪年说："剪筠需要什么东西我都给他买了。"

剪彦武说："你妈给的钱，只有一半属于你，弟弟的部分你应该给他，而不是替他花掉。"

剪年平日对弟弟关照有加，本来大人就偏爱他，所以他什么都不缺，而她什么都没有，全靠妈妈给的一点零花钱，买自己需要的书籍和内衣。这些钱能让她的生活正常进行下去，而剪筠要钱只为买喜欢的零食和玩具，有没有这些，他的生活品质都比她高。

她叹息一声，不想多说："妈妈统共给了四百块，现在还剩一百八存在银行，我拿九十给剪筠，以后再收到妈妈的钱，我一分两份直接给他，随便他花在哪儿。"

奶奶在旁边怪叫："哎呀，你一个小孩子这么小就知道藏私房钱了。那二百二花到哪里去了？平时家里吃的喝的没有亏待你，你还花那么多？"

剪年报账："昨天给弟弟订蛋糕花了一百八，上次照相二十块钱，还有二十……"

她咬着唇顿了好一会儿，才说："我买内衣了。"

剪筠马上就哭了出来，说："蛋糕不是我要的，是她非给我买。

这钱不是我愿意花的,我没花!"

剪彦武看着剪年不说话,那眼神分明是在说:听懂了?

剪年也没多挣扎,淡声道:"现在只剩一百八了,我全给剪筠,蛋糕的事情对不起了,是我自作主张。"

后来,剪筠的钱被奶奶没收了,说要用的时候再给他。他每天都换着花样地问奶奶要钱买东西,奶奶的口头禅就是"小孩子花什么钱",但每次缠不过就给他五块钱、十块钱地打发走。

剪筠只管花钱不计数,头天拿走了,第二天还觉得自己有一百八十块钱存在奶奶那里。奶奶和他讲不通,拿来拿去,多少个一百八都拿给他了。

有一天剪年回家看到爸爸拿皮带在抽剪筠,才知道出事了。

只听爸爸愤怒地说剪筠一周逃学两三天,已经是个惯犯。

在爸爸的逼问之下,剪筠说出逃学后是去了游戏厅玩。

问他哪里来的钱,他说是奶奶给的。

剪彦武当然不会质问自己的妈妈,只能拿儿子出气,一顿手起皮带落,打得剪筠痛不欲生。

奶奶眼含热泪地看了全程,心疼得要命,嘴上还是骂他:"让你逃学……让你逃学!打死了活该,就当没有养过你!"

爷爷看不过去了,说:"算了吧,打也打了,孩子这么小,别伤到骨头。"

剪彦武有了台阶下,这一顿打他确实下手很重,这才停手,要求剪筠保证以后不再逃学。

剪年轻笑了一瞬,进里屋写作业去了。剪筠逃不逃学,她还能不知道?

在奶奶的偏宠和教育之下，剪筠早就长歪了，他一点自制力都没有，完全管不住自己。

他在学校认识了几个坏学生，人家一约，他就跟着去玩。一开始人家是看上他兜里有钱，可以蹭着他玩，后来就直接找他要钱了，不给钱就打他。

剪年是知道的，剪筠吃苦的日子还在后头。

- 第九章 -
最后一次帮你，只为放下你

最近倒是有一件喜事，政府当初在修建大桥的时候低估了本地发展的速度，这才不到十年，车流量就超过了预期，当时建的双车道桥面已经不够用了，为了缓解交通压力，政府决定再建一座二桥，而且照这个趋势，再建三桥、四桥的事也要提前提上议程了。

二桥刚好要从时光家跨过去，因为他家是此次唯一的拆迁户，拆迁补偿给得就很丰厚，所以双方一拍即合。

时光全家人先搬进安置房里，住稳妥了以后才开始在补偿的地基上盖自建房。

因为村中的宅基地先前已经分配得七七八八了，这次是费了老大劲才给他家扒拉出一块地来。

要说居住环境，实属不算好，因为这块地就在六高操场旁边，每天学生轮番上体育课，从早吵到晚。

但它同时又是个蕴藏商机的黄金位置。

时光家的房子开始盖了，明年他就和江月一样，有属于自己的房间了。

剪年发现时光最近越来越黑了，笑他："你以肉眼可见的速度在变黑。"

时光正在做三角形证明题,头都没抬地说:"最近我有时间都在工地上看进度。"

剪年问:"你看着他们就能干快点?"

时光:"不会,但一想到明年就能请你们去我家里玩,我高兴啊、激动啊!看着一砖一瓦地添上去,就觉得离那一天又近了一点。"

剪年点头:"人类对家的向往是刻在基因里的,我能理解你急不可耐的心情。"

"最近在封顶了,但我听说装修也挺麻烦,要弄很久。"时光说到此处,突然抬头问,"你喜欢什么颜色?"

剪年条件反射性地答:"紫色。"说完了才觉得奇怪,"问这干吗?"

"不是在说装修吗?刷紫色的墙好看吗?我喜欢绿色。"

剪年愣住,实在没想明白,他家装修问她喜欢什么颜色是什么意思?

时光见她跟自己的脑波没对接上,突然害羞起来,小声地说:"那就,卧室刷紫色,客厅刷绿色好不好?"

好啊。

剪年差点脱口而出,随即摇了摇头,让自己清醒一点。

她假装没听懂,淡漠地说:"你家装修问我干吗?"

时光害羞得耳朵都红透了,还是把话说出了口:"参考下你的喜好。"

他的卧室跟她的喜好有什么关系?

剪年转念一想就想明白了,时光是那样一板一眼的人,所以才会想那么长远的事。

"我答应了要照顾你,"时光有在认真地履行承诺,"就要做到。"

剪年望着他,突然问:"时光,你为什么对我这么好啊?"

时光闻言,顿时连脖子都红了。

剪年追问道:"我哪里值得你对我好呢?"

时光同学没有复杂的心思,有且仅有一个真诚的答案:"当你对我说'小心一点,时光'的时候,我就想你一直在我身边提醒我'小心一点',我们一起小心翼翼地、好好地生活。"

剪年曾是彻头彻尾的"恋爱脑",一味地付出,乃至泥沼深陷,无法自度。

后来她想要改变既定的未来,生怕行差踏错,过得如履薄冰,每天都在反思:我做对了吗?抑或是做错了?

她每一刻都怕自己努力得不够,不足以改变未来,所以没有一刻敢放松。就算取得傲人的成绩也不觉得高兴,因为这些她已经是第二次学了。

她咬牙忍受家人的不公平对待,心都被扎成筛子了,也只能告诉自己不要介意,因为有片瓦遮身总好过寄人篱下。

她就连跟朋友相处也不敢放任自己的情感,因为现在的江月是无辜的,她不能恨这时候的他,而现在的安雨濛也并不像她恨的那位一样坏。

她的恨意无处安放,她的爱也一样。

时光的心智还不成熟,她怕因为感情耽误了他,若他未来的光辉减少半分,那都是她的责任。

她极力克制着,故意把朋友关系经营得不咸不淡。

时光却对她说:"我们一起小心翼翼地、好好地走下去。"

她突然就觉得所谓的照顾,所谓的喜欢,其实都不及他一句"我们一起走"来得让她感动。

时光,时光,唯一不变的时光,是最好的时光。

时光第一次跟人说深埋在内心的话,害羞得不行,只能把注意力投放到解题上,以缓解浑身的不自在。

剪年坐在对面,只能看见他光洁的额头下高挺的鼻梁,她很疑惑:时光的嘴唇,是不是和他的性格一样,温柔和软呢?

她忽然喊他:"时光。"

时光应声抬头,她一指戳在他的唇上。

这实在出乎时光的预料,他愣了一下,然后捂住嘴说:"别闹。"

为了压住快要跳出嗓子眼儿的心脏,他又开始做题,但那道题他读了三遍硬是没看懂题目说的是什么意思。

江月打完球回教室,刚想叫时光一起走,就看到剪年戳了时光的嘴。

再看时光的反应,他既没有生气,也没有离开,只是低头写题。

他一直觉得那两人之间有些说不清道不明,原来不是他的错觉,他俩是在一起了吧?

犹记得暑假的时候,时光在江月家里待的时间比在自己家里都多,他家水电皆无,在江月家蹭空调,有时候还洗澡。

江月愿意给时光提供方便,两人吃住睡都在一起,关系好到不分彼此。

此刻,他心里涌上一阵莫名的难过。

为缓解难过的情绪,江月突然出声:"时光,回家了。"

三人走在回家的路上,江月有几次一个人落后很远。

时光不解地问:"今天打球太累了?"

江月甩了甩胳膊说:"可能吧。"

时光不解:"真难得,你一向体力过人,今天一对几啊?累成这样。"

江月随意地说:"超人都有累的时候,何况我是心累。"

时光今天心情好,闻言就去给他揉心口:"来,我给你按摩心脏。"

江月大喊:"有人耍流氓!"

他一溜烟跑远了,留下时光和剪年慢悠悠地走着。

他悄悄地回头张望,那两人看起来很开心的样子,不知道说什么了,都在笑。

他感觉自己跑走是对的,那两人之间容不下他这个特大号电灯泡。

江月回家直接洗澡,走出浴室就闻到了饭菜香。

他的头发刚擦了一半,已经忍不住坐下来就抱起碗开吃:长身体又爱运动,时刻都觉得饿得慌。

妈妈说:"下次把头发吹干了再吃饭,等着头发自然干会头痛哦。"

江月无所谓地说:"我不痛。"

妈妈挑眉:"那可能是我上了年纪。"

江月向来喜辣不喜甜,今天的菜全都是他喜欢的,但他吃得不是滋味,说:"好想吃糖醋里脊。"

妈妈疑惑地说:"那可是甜口菜。"

江月:"我需要吃甜的。"

妈妈愣了一瞬,然后明了地笑了,说:"儿子,人这一生长着呢,刚失恋是觉得心里苦,想吃甜的,不过没事,很快就过去了。"

江月被妈妈调侃习惯了,说:"是啊,时光有女朋友了,我失恋了,你高兴了?"

妈妈一听,十分配合地抓住了他的胳膊说:"有人把时光抢了?那不行,你赶紧把时光抢回来!"

江月提醒道:"妈,性别相同是不能在一起的。"

妈妈惋惜地说:"哎呀,我没有算到这一茬呀!这些年时光老在我们家住,我都当他是自家儿子一样,还想着等将来老了,我要坐在摇椅上慢慢摇,然后左手抓着你,右手抓着时光,让两个英俊的小伙子听我讲那过去的故事。"

江月说:"妈,琼瑶剧串民谣了。等你老了,我也不再英俊,也老了。"

妈妈笃信:"不会,你那时候一定老帅老帅的。"

江月和妈妈相依为命,母子感情非常好,哪怕他有一点小小的变化,妈妈也能察觉到,然后用各种方式安慰他,尽力让他开心。

时光家的房子终于可以入住了,乔迁当日请同学们去玩。

江月把那个昂贵的花瓶带去了,以乔迁礼物的名义摆在时光家里。

剪年看到的时候觉得花瓶上的花纹很眼熟,很快想起在哪里见过,开玩笑说:"时光,江月送你的花瓶和他家的茶具是情侣花纹哦!"

大家瞬间爆笑。

参观完新家,大家一起到楼顶玩。

楼顶视野甚好,可以俯瞰隔壁全校区。

周末,只有毕业班在校补习,校园里比平日安静得多。

楼顶空旷一片，什么都没有，安雨濛说："时光，我送你的那棵发财树要不要种到楼顶？感觉它在这里可以长得很大呢！"

时光说："发财树不喜光，种在室内更好。"

剪年早已看穿一切，她指着边上堆着的黑色泥土说："我赌五毛，楼顶最后肯定是种菜。"

时光搓着手笑："主要是我不会种花。"

大家七嘴八舌："种菜挺好，自己种的吃着放心。"

"中国人走到哪里就会把菜种到哪里。"

"谁说不是呢？我家山茶花死了以后，花盆里种的是香菜。"

"早晚有一天，我们会把菜种到全宇宙！"

这栋楼就在学校操场旁边，时光爸妈瞅准这个得天独厚的优势，把一楼修成门面，开了个小卖铺。店里的东西以学生喜欢的零食居多，还有文具和日用品。

晚上妈妈做饭的时候，就是时光守店。

这个时段买东西的学生不多，他在看店之余还能写作业。

不过有些货物，还挺让他尴尬的。

女生买卫生巾要求真的很多，什么"不要日用的要夜用的"，什么"要有护翼的护垫"，他每次都拿不对，导致换来换去好几次，搞得他面红耳赤。

他还向剪年请教过卫生巾的别称，什么"面包""米花糖""姨妈巾"他都一一记住了，就怕人家要买卫生巾的时候，他又拿了真的面包，免不了会被一顿嘲笑。

时光这一年抽条了，长高了一大截，远远一看，就是修竹一样俊逸的男生。

他很爱笑，讲话温温柔柔的，学姐们摸准了他看店的时间，都会故意挑晚上来买东西，跟他说话就让人很开心。

当然小卖铺的生意好并不只是因为时光，主要校园里的小卖铺商品的定价远远高于市场价，有些学生就愿意多走几步，来时光家的店里买，会便宜一些。

生意好，进货就频繁。

周末补课的学姐们最有眼福，时光和江月一整个夏天都在光着膀子搬东西，那细腰、翘臀，颜值超赞的两个男生挥汗如雨的样子，简直看醉了！

时光常被学姐们惦记，言语调戏，只觉得心好累。但江月不一样，他就是一个大写的"浪"字，他做了一件事让时光变得更忙了。

学校开联欢会的时候，江月骚气外露地穿了雪白的衬衣，抱着吉他就上去了。

台下女生们看到一个王子般玉树临风的帅哥，尖叫连连。

江月拨了几个单音，大家安静了一些，他说："晚上好，我是江月，月是天上月，所以，夜晚来临的时候，我会发光。"

尖叫声四起。

江月早就习惯了这样的场面，完全不受影响，淡定地弹起心爱的木吉他，唱了一首民谣。

女生们光是看到他就已经醉了，再听他清亮空灵的歌声，整颗心都丢在他那里了。

江月刷脸刷成全校皆知的名人以后，依旧在时光家的店里帮忙。

晚会后，好多人打听江月，然后听闻在操场旁边的小卖铺里能找到他，大家拥到店里去。看到的是时光，于是纷纷问他江月什么时候在店里。

时光说:"不知道啊……"

大家老是不客气地说:"哎,学弟。"

时光:"在。"

大家:"你打个电话让他来帮忙嘛!"

时光十分无语。

从那天以后,时光就没办法一边看店一边写作业了。好脾气如时光也会觉得江月有点烦,他喜欢什么不好,偏偏喜欢出风头。

江月弹吉他好些年了,技术越发纯熟。最近他常提起一个叫吉良的人,言辞中透露出对对方的欣赏。

吉良跟江月在同一个地方学琴,他比江月大两岁,琴也比江月多学了两年,弹得比江月好是自然的,有共同爱好的青少年是很容易打成一片的。

大家对吉良不感兴趣,听过就算,唯独剪年第一次听到"吉良"二字,脸色就不对劲。

时光知道她心事越多越沉默,追问她吉良有什么问题?

她想了半晌,突然问:"时光,你相信我吗?"

时光一脸蒙,但还是点了点头。

剪年紧紧握住他的手,铿锵地说:"答应我,不管发生任何事,你一定要相信我!"

时光紧张地问:"要发生什么事?"

剪年眉头紧蹙,说:"我暂时不能跟你说,但你记住一件事就好。我在乎你,只在乎你一个人。"

时光被突如其来的表白弄得只剩下害羞了,再顾不上其他,只说:

"我知道了。"

后来，剪年突然很黏江月，不仅频繁跟他说话，还说周末想看他练琴，要去琴行玩。

因为安雨濛也总是一起三人行，时光并没有多想，倒是江月满脑袋问号：剪年怎么突然对他的事感兴趣起来了？

他暗自猜测，莫不是他在学校晚会上大出风头，剪年终于发现他的魅力了？

可是，她不是时光在乎的人吗？

这事儿，不成啊！

剪年哪知道江月一个人那么纠结，她是去见吉良的，只是她几次去琴行，吉良都因为种种原因没有去上吉他课。

这件事，她是孤军奋战，又必须做得足够丝滑，让一切看起来顺理成章，所以她不能直接打听，只能一次次地守株待兔。

这周她以为又要扑空，失望地正要回家，就见吉良背着书包路过，他没有背琴，想来是刚放学。

江月也看到了吉良，招呼道："哟，几周没见你了。"

吉良站住了，说："最近全市联考，学校抓得严，艺术生都不让请假。"

江月问："你现在是回家？"

吉良说："对，今天不上晚自习，正要去吃饭，你们吃了没？"

江月说："还没有，要不一起？今天有两位美女来陪我练琴。"

男生受女生欢迎这一点，就算嘴上再不提，心里都是得意的，吉良比他琴技好，可他比吉良有女生缘啊。

难得有两个女生陪着，江月当然要嘚瑟一下。

吉良羡慕地说:"哟,你出门还约了两个呢,艳福不浅。"

江月说:"啥啊,都是我同学。"

安雨濛站在一旁不说话,漂亮淑女又乖巧,她多希望自己被误以为是江月的女朋友啊。请让这种误会来得更猛烈一些吧!

就近找了店,剪年故意把吉良对面的位子空给安雨濛,自己和江月面对面坐着。吃饭的时候,故意和安雨濛窃窃私语,营造一种两人关系好到有说不完的话的氛围。

吉良望着安雨濛漂亮的脸,她打扮精致得像个小公主,当即沦陷。第一次见面就对她很热情,积极地照顾她的吃喝,了解她的喜好,时不时提到自己和江月的关系很好,以后大家都是朋友,可以约出来一起玩。

剪年当然知道事情会发展成这样,她的记忆里有吉良喜欢安雨濛的画面,只是安雨濛对江月一心一意,旁人看都不看一眼,所以想也没想就拒绝了。

吉良跟安雨濛一样是富家子,家里条件比江月好得多,饶是如此,最后还是因为五毒俱全败光了家产。江月就是被吉良领着走上不归路的。

就算剪年已经不喜欢江月了,也没办法眼睁睁看着他再走上绝路,所以必须想办法斩断他和吉良的关系,而且是越早斩断越好。

十几岁的男生,最讲哥们儿义气,普通的劝说根本就听不进去,为了让他们彻底决裂,剪年必须下猛药。

餐桌上的气氛很好,用餐结束,吉良果然主动要安雨濛的电话,但被一口拒绝了。

剪年马上接话说:"学长要你的电话有什么好不给的,显得小气了不是?没事啊,学长,晚点我给你。"

她的语气明显就是在开玩笑,应该是想给吉良一个台阶下。安雨濛毕竟认识剪年好几年了,知道没有自己的同意,她肯定不会乱给。

吉良却像是抓到了救命稻草,马上把自己的电话给了剪年,然后小声说:"好学妹,记得联系我哦,谢谢。"

江月当时在结账,没有看到剪年和吉良接触,而剪年已经顺利搭上吉良,接下来就是想办法了解他,并伺机破坏他们的朋友关系。

再放假的时候,剪年主动约吉良见面。

吉良很高兴:"剪年?我当然记得你,你放假了?"

剪年:"放了。学长有空吗?"

吉良说:"我大概七点多下课,你那时候方便出来吗?"

剪年马上敲定:"可以,还是在上次吃饭的店里见面吧?"

吉良大方地说:"好,我请你吃晚饭。"

剪年见到吉良的时候已经八点半了,考试结果出来了,老师因为他沉迷玩音乐耽误学习的事把他叫到办公室做了一番思想工作,耽误了些时间。

一看到他,剪年就嗔怪道:"学长,我已经非常饿了!"

吉良赶紧过去坐下:"抱歉,抱歉,你点菜没?"

剪年双眼放光:"点了,你请客我当然要点很多!"

吉良看她一副便宜没占够的样子,笑着说:"不至于敲到我一顿饭就这么开心吧?"

剪年"嘿嘿"地笑着,一副吃货只要有好吃的就很好哄的天真模样。

这附近有一所大学,好多大学生也在这里聚餐,整个店里都是年轻的学生。

菜很快上桌，剪年瞄了眼周围，大学生聚餐几乎都有点酒。

她好奇地问："学长，你会喝酒吗？"

男生在女生面前，那就没有什么是"不行"的。吉良点头说："会！"

剪年一脸崇拜。

吉良笑言道："你想喝我叫一瓶就是了。"

剪年双眼放光地望着吉良，随即又暗淡了下去，说："还是算了吧，感觉喝酒是不良少女才做的事。"

吉良："嘿，你这么说，我岂不是不良少年？"

"男生坏一点女生才喜欢呢。女生就不一样了，男生都喜欢乖巧的女生，就像你一眼便看上安安一样，她又漂亮又乖。"

剪年真的没想到，"安安"两个字这辈子能从她的嘴里蹦出来，这本是个"山无陵，天地合"她都不愿意叫的称呼。

她只当自己是个演员，要演得好，演得真，就必须有信念感。

再说了，跟江月的人生比起来，个人好恶，是可以妥协的。

吉良一听她提起安雨濛，自然就想到了那张漂亮的脸，还没喝酒就要醉了。

他突然豪迈起来，说："有我陪着你，放心，你今天就可以试试酒的味道。"

老板给上了两瓶冰果啤，剪年看着杯子里金色的液体说："颜色好漂亮，像饮料一样，是不是甜的？"

她说着仰头喝了一整杯，冷得她缩了一下脖子。

而后她顿了半响才回过味来，呆呆地说："不甜呢……"

刚抿了一口啤酒的吉良都吓了一跳：这孩子第一次喝酒就这么

猛,直接干杯啊?

剪年望着他说:"你还没喝完?你好慢哦。"

吉良可丢不起那个人,当即把杯子里的果啤喝干了。

剪年知道自己的酒量,白酒都能来半斤,啤酒随便喝,把吉良喝晕这件事,她还是有信心的。

她唯一没算对的是,现在她并不是成年人的身体,没有成年后的酒量,而且,这身体是第一次喝酒,酒精耐受度很差。

两人喝得很快,第二瓶啤酒见底的时候,吉良就有点摇头晃脑了。

剪年看人也有重影了,所幸头脑还清醒。

吉良结账的时候,收银员说:"六十七块。"

他伸手就给了两百块钱,剪年就知道他喝醉了。

出了饭馆,空气清新一些,吉良恢复了些神志,还想起关心她:"你没事吧?"

剪年硬撑着装清醒,说:"我没事!"

吉良是有经验的:"但你现在回家会被人发现喝了酒哦,我们找个地方坐一下,等你身上的酒味散了再走。"

剪年有陪江月练琴的记忆,这附近她非常熟。

她脚步飘逸,看似在乱走,实则朝着早就定好的目标在一点点地接近。

两个拐弯以后,在一处灯光不太明亮的地方,一张红色的门帘出现在眼前。

剪年状似偶然发现,说:"电影院?我们去看电影吧,等看完了电影,酒也都醒了。"

吉良看门口放着的黑板上写着今天播放的影片,一个背着挎包的男人在门口收钱，看到两人就说："刚上的大片！动作的、武打的、科幻的，三部连放，只要十块钱，包夜二十，大沙发，舒服得很！"

吉良没在这样小型的电影院里看过电影，觉得环境可能不太好，他说："要不还是去网吧？"

剪年伸出一根手指说："这是几？"

吉良："二？"

剪年笑着说："就你这样还看得见电脑上的什么呢？看电影起码银幕比较大吧？"

吉良想想也是，进去以后发现厅里只有情侣座位，全是红色的大沙发，一排四五个位子。沙发很长，人甚至可以躺在上面睡觉，沙发是半包围结构的，隔壁坐的是谁都看不到，隐私性还挺好。

剪年选了最后一排靠边的位子，安静又隐蔽的角落。

两人坐下以后，一开始还保持着距离，都拘谨地靠着沙发两头，中间空出很大一块。

吉良休息了一下说："今天见你本来是想问安安的事，结果让你喝多了，误事。"

剪年倾身过去，离他很近才停下，用气音问："你想知道安安的什么事？现在问，我都告诉你。"

两人之间的距离很近，近到吉良都闻到剪年身上的酒味了。他的心跳乱了，慌张地问出一个问题："安安……她有男朋友吗？"

"男朋友……不知道江月算不算。"剪年状似思考，又像是醉得厉害，摇头晃脑地说，"他们从小一起长大，正牌青梅竹马，向来孟不离焦，是很亲密的关系。"

如果是别人还好，吉良跟江月是朋友，那两人要真的郎情妾意，他不好抢啊。

剪年努力地安慰他："学长，别难过，你这么优秀，要是真心喜欢安安，完全可以追她啊！安安长得那么美，有很多男孩子追，很正常的嘛。"

吉良很犹豫："抢朋友的所爱不好吧？"

剪年偏着头，做思考状："你觉得江月对安安是男女的喜欢还是兄妹情？"

吉良回忆道："从那天晚上来看，他对你俩都差不多，对安安没有什么特别的地方。"

"是吧？"剪年鼓励他，"如果他们是两情相悦，我就不鼓励你了；可如果是安安一头热的话，你还有机会！"

男人在感情的事情上是很有战斗力的，吉良是在说服自己放弃，不是真的想放弃，被剪年一鼓励，直接战斗力拉满。

剪年越说越觉得头好重，本来她接下来是要演睡着了的戏码，结果不用她演，她是真的醉得睁不开眼睛了。

她晃晃悠悠地说："学长，我困得厉害，先睡一会儿啊。"

吉良点头，她下一刻就软倒在他的身上，一秒入睡。

第一次被女孩子靠着睡觉，这感觉实在是很奇怪。

这条小巷子里有很多家小型电影院，剪年选这家店进来是有原因的。

记忆中她和江月来过这里，这家店和别家看起来没有区别，但熟客都知道，超过晚上十点以后，大家就会齐声高喊，要老板换片子。

吉良是第一次来这里，听见大家喊换片还以为是电影不好看，要求换内容更精彩的。

他无心看电影，正想靠着沙发睡会儿，等剪年醒了就走。

不一会儿，他就听见了奇怪的喘息声。

他睁眼一看就是情色画面，吓得他酒都醒了。

吉良看得口干舌燥，血气方刚的少年根本把持不住，巧的是，他身边还有个温软的女生。

吉良伸手摸了下剪年的胳膊，没反应，又推了推她的肩膀，还是没反应，想来睡得很熟。

他有个大胆的想法，手悄悄地钻进她的衣服里，剪年突然睁开眼睛看着他。

人在做坏事的时候最心虚，吉良吓得赶紧缩回手。

剪年含混不清地说："肚子疼……"

居然有这等好事？

吉良当即摁在她的肚子上，关心她："这里吗？"

"嗯。"

他越发自告奋勇："我帮你揉一揉就不疼了。"

剪年那么乖顺，他分分钟失控，不一会儿，手又想往她衣服里钻。

察觉到他的意图，剪年故意侧身面对他说："在放什么？好吵。"

吉良的手被别住了，完全不能动。

他悻悻地收回手，轻拍着她的背说："动作片。你再睡一会儿，散场了我叫你。"

剪年乖巧地"嗯"了一声，然后理了下头发说："好热……"

两人的身体挨在一起，吉良总能闻到淡淡的香气，他忍不住低头去嗅。

银幕的灯光明明灭灭，映得她白皙的颈部更是诱人。

吉良岂止是热,他感觉自己都快燃烧起来了。

他不再犹豫,俯身亲在她的脖颈上,像电影里那样啃咬。

剪年像是被疼醒了,懵懂地问:"好痛,你干吗?"

吉良紧张地辩解着:"我只是……咬了一下。"

抵赖不掉,只得承认。

第十章
我不负时光，愿时光也不负我

剪年的目的达到，酒也差不多醒了，提出要回家。

吉良莫名生出一丝眷恋，但他也担心两人再继续待在一起，自己冲动之下做出不好的事情来。

送走剪年，吉良心里空落落的，他确实对安雨濛一见钟情，总想起她。可剪年今晚窝在他怀里的感觉也很妙，又软又萌像小猫一样，他也很喜欢。

吉良不想住学生宿舍，父母就在学校附近给他租了一套房。

他回到出租屋后依旧没有冷静下来，闭上眼睛，大脑自动开始回味抚摸剪年身体的触感和她身上的香味。那天晚上，他的梦里都是剪年。

剪年跟吉良分开后，脸色马上就变了。

今天晚上她有个大失误，就是错估了自己的酒量，差点让吉良那个小兔崽子占到便宜。

想到吉良那小崽子在她耳边吹气，她的拳头就硬了。

剪年一夜都没睡着，第二天天一亮，她就跑到洗手间查看，牙印都还在，证据保留得十分完整。

因为吉良没有经验又胡来，在她的脖子上留下了牙印。

剪年破天荒地去找安雨濛，对方还在呼呼大睡，被父母叫醒后，听说有女同学找，她就又躺下去了说："让她来我房间嘛……"

剪年已经酝酿了半天的情绪，进屋一看，黑色的长发披散在薄被子上，房间里空调开得很足，安雨濛裹着被子睡得正香。

为了装出委屈至极的样子，剪年也不叫醒她，独自坐在床边的脚凳上，小声抽泣。

她发现哭真是一门技术活，把记忆中最伤心的往事都想了一遍，终于撑到安雨濛醒来她还在哭。

安雨濛隐约听见细碎的声音，醒来看到床头坐着个人，披头散发的，看不见脸，她迷迷糊糊地问："谁啊？"

剪年只是哭，也不说话。

安雨濛慢慢回神，起身爬到床尾，距离近了才发现剪年的眼睛都哭肿了。

她当即又清醒了几分，惊讶地问："怎么了？大清早来我家里哭。"

剪年的眼泪都快哭干了，安雨濛要是再不醒，可就要哭不出泪了。既然她醒了，剪年就可以放声大哭了，于是"哇"的一声号哭起来，不过眼泪真的告急，再流不出来，她只能靠声音虚张声势。

她凌乱又断续地说："昨天……吉良学长约我出去，说想要与你交朋友，跟我打听你的情况。我本来不想去，但他说我不去的话，他找江月问也一样。我想你可能不希望江月知道别的男生要追你的事，就答应了跟他见面。他请我吃饭又请我喝酒，我好奇想试试，不知道自己酒量那么差，喝得晕晕乎乎的被他带去小电影院，然后我就睡着了……"

剪年说到此处就不讲了，只是"呜呜哇哇"地哭得伤心。

安雨濛着急地问："你睡着之后呢？他把你丢在那儿了？你是丢

钱包了吗？"

剪年支支吾吾地说："我不好意思跟你说，呜呜呜……我醒来的时候也不知道几点了，就感觉他的手在我身上……我使劲抵抗，然后他就……"

安雨濛都听傻了，她也是女生，很能代入剪年的立场。她要是被人这般非礼，想想都害怕。

剪年不再多说，直接撩开了头发："早上我照镜子，看到了这个……"

安雨濛看到齿痕都惊呆了。

她一下抱住剪年说："你不哭啊，不伤心了，放心，我们一定会为你讨回公道。那个禽兽，我们不会放过他的！"

剪年能感觉到，安雨濛整个人都在发抖，很快有湿热的眼泪滴落在她的颈间。她心中无限感慨：其实安雨濛是个简单的人，就是因为太简单了，才会对江月那么执迷不悟。

她利用了安雨濛的单纯，但是这是为了江月，如果安雨濛知道原因，一定会愿意帮这个忙。

安雨濛迅速穿好衣服，拉着剪年，红着眼眶说："走，我们去告诉大家有人欺负你，大家一起去教训那个变态！"

剪年瑟缩了一下，低着头说："我不想要大家都知道。"

安雨濛想想也对，这又不是什么光彩的事，要是大家都知道了，剪年以后还怎么做人？

更何况，时光又是剪年最好的朋友，若他因为这件事跟剪年有了芥蒂，岂不是害了剪年？

思来想去，安雨濛决定："我们去找江月。他和吉良熟，也是他介绍吉良给我们认识，出了这种事，他得负责！"

剪年为难地说："江月也不知道学长是那样的人吧……"

"狗屁学长，禽兽不如！江月识人不清和那种变态做朋友，我们要让他看清楚吉良就是个垃圾。"

剪年甚是难堪，低着头，小碎步跟着安雨濛，路上几次都弱弱地说："安安，我怕……你说，江月知道后会不会讨厌我……"

安雨濛安慰她："你是受害者，你怕什么？如果江月是非不分只顾朋友义气，那就别怪我用'仙人掌'抽他！"

在安雨濛面前装柔弱是最有效的办法，她是个性格跋扈的女子，这辈子都不懂什么是忍。

剪年越是表现出"算了吧，我忍"的姿态，她就越觉得别人都欺负到朋友的头上来了，她必须得给剪年主持公道。

所以剪年越后退，她就会越激进。

江月正在摆弄吉他，安雨濛就气势汹汹地杀到了他面前。

第一次见到安雨濛红着眼眶咬着牙的模样，江月完全摸不着头脑，问她："怎么了，这是？"

剪年当即挣脱安雨濛的手说："我在外面等你……"

安雨濛知道剪年觉得难堪，不想面对江月，所以也没拦她，还把卧室门关了，然后义愤填膺、添油加醋地把剪年的遭遇讲了。

光是复述剪年的话，就把她气得够呛，她都恨不得去咬吉良一口给剪年报仇。

江月听得一头雾水，不知道安雨濛为什么会突然因为剪年的事气得语无伦次，她俩关系也没好到这个份儿上。

直到最后他都没有记住那些细枝末节，只记住了两个重点：吉良非礼剪年，还在她脖子上留了齿印。

光这两件事就足以让江月原地大爆炸。

他开门出去就看见剪年抱着头在哭，激动地问："安安说的是真的？他真的那样对你？"

剪年被江月当面质问，一句话都说不出来，眼睛望着他，眼泪一串一串地跌落。那混合着羞耻、难堪、伤心和无措的眼神，是剪年演技的巅峰。

江月隐约看到她的脖子上有一块紫红色的印痕，简直无法直视，他都没敢仔细看。

因为他很清楚剪年有多要强，认识这么久都没见她哭过，现在她的眼泪就像冰雹一样，砸得他的心又冷又疼。

他介绍剪年跟吉良认识，导致她吃了个哑巴亏，连诉苦都开不了口。

江月转身对安雨濛说："我们找吉良对质。安安记住，这件事无论如何，不能让除了我们四个人以外的任何人知道，一个字都不要告诉别人，好吗？"

安雨濛点头："我发誓，不会告诉任何人的！"

江月的脸色从未那么难看过，虽然他的桃花多到落英缤纷，但他从未因为女生喜欢自己而想占别人便宜。

其实江月真正爱的人是他自己，他出风头的目的是吸引别人的目光和崇拜，但都是为了证明自己真的很棒，值得被爱，而不是吸引到女生以后乱来。

所以不管江月的桃花如何络绎不绝，他只真心实意对两个女生好：安雨濛和剪年。

那种好不同于他和时光之间亲密无间的哥们儿关系，而是多了一些保护欲在里面。

两个女生比男生柔软、娇气、脆弱，他身为男人，就是要保护、关怀，哄她们开心。

江月此刻的心情就像是，多年来精心栽种，小心翼翼养着的花，突然有个看客说"哎哟，不错哦"，然后伸手就将他养得漂漂亮亮的花朵摸掉了花瓣，他就只想跟对方拼命。

吉良的出租屋江月去过，三人赶到的时候，吉良刚起床，面对三人，他有点蒙。

然后他很快冷静下来说："我很欢迎你们来玩，下次先提前打个电话，我至少要穿好衣服啊，尤其有女生在场。"

两个女生早就背过身去不看他了。

江月把门推开说："你们先出去。"

吉良疑惑地问："今天有什么活动吗？来得这么整齐。"

江月沉着脸质问他："你昨晚约剪年出去了？"

吉良老实承认："我是约她了。"

江月单刀直入地问："你趁她睡着碰她了？"

说到这个事情，吉良就有点不好意思了。

当时他的脑子不太清醒，节操全离体了。现在酒精散去以后，他也觉得那样做不对，嗫嚅着说："那个，我一时没控制住，你也是男人，应该懂的……"

他的话还没说完，江月已经一拳打在他脸上了。

吉良第一下没还手，想说让江月打一下消了气，两人再好好说话，结果江月根本没有要停下来的意思，对着他劈头盖脸就是一顿老拳。他被疼痛激怒，和江月打成一团。

周围的东西都被掀翻了，碎了一地，不断发出清脆的声响。

剪年在楼下都听到了打架的动静，惊恐地抓着安雨濛的胳膊说："他们打起来了，江月不会有事吧？"

安雨濛一点不担心："不怕，五个男生里面江月打架最厉害，你别看他瘦，力气大着呢，从小就没输过。"

楼上争执和打斗的声音传出，吉良声嘶力竭地喊着："我是碰了她，我负责总行了吧？你一来就跟我拼命是怎么回事，我们不是兄弟吗？"

江月愤怒地吼："谁要你负责，你居然敢动我的人！"

安雨濛和剪年闻言都是一愣，剪年装作没听见，问："我们要不要上去看看，别打出事了。"

两人刚走到门口，江月恰好走出来，然后不爽地回头吼了一句："别再让我看到你，如果让我再看到你，保证打死你！"

他转脸就看见两个女生缩在走廊里站着，剪年的眼睛红肿得像金鱼的眼泡。见到他盛怒的模样，她也不敢多看，吓得又低下头去。

江月心疼得难受，站在她面前，想摸摸她的头，又觉得不太好，硬生生地收回了手，说："对不起，让你遇到这种事。"

剪年觉得这时候必须挤出点眼泪来庆祝这件事终于结束了，她的目的已经达到。

江月和吉良之间算是有了永远的芥蒂，以后是不可能再做朋友的，这样吉良就没有机会带着江月步步沦陷，两人一起沦为废人了。

思及此，剪年喜极而泣，眼泪簌簌地流出眼眶。

看到她哭，江月更加自责。他送剪年回家，说："我以后不会再介绍奇怪的人给你认识。昨天的事我会处理的，你就忘了吧，我们也都会忘记的，就当什么事都没发生过，以后再也不会有人提。"

人是感情动物，对谁的感情深，就会第一时间站在谁那一边，不论对错，不论逻辑，纯粹是身体本能。

就像江月很在意剪年，得知她被人欺负，第一件事都不是要搞清楚真相，而是全盘相信她的一面之词，顿时暴跳如雷。

人一旦被愤怒控制，理智就离他很远了，他只想找到对方宣泄愤怒。

因为这件事成为一个秘密，江月又说了不会再提，但剪年究竟有没有忘记，心里是否真的释怀，他不得而知，也不敢问，只能暗中观察：她的笑，是真的开心，还是强颜欢笑？她是否因此产生了心理阴影，是否仍然害怕，是否需要人安慰……

江月自己都没有发现，而旁人已经察觉到：江月对剪年关心得过头。

其实剪年心里特别痛快，将来会祸害江月的人已经出局，他只要一直保持现在这么上进的势头，一定能平稳安妥地过好这一生。

剪年不求江月扬名立万，只愿他一生无忧。

所有事情的爆发，都有导火索，而这根引线，早就埋下了。

那天体育课，安雨濛因肚子不舒服没有去上，在教室里趴着。

江月运动量大，热得汗流浃背，进教室放外套，看到她趴着，上前关心。

女生生理期本来就容易心烦意乱，而她才刚开始经历来"大姨妈"的痛苦，很不习惯，更是烦躁。

面对江月的关心，她都不觉得高兴，埋怨地说："你还知道关心我？"

江月不解，拉了张凳子坐在她旁边说："怎么了？我什么时候不关心你了？"

安雨濛觉得自己特别委屈，要说江月对她不好吧，平时又挺细心的，温柔有加，嘘寒问暖，可问题是，他对别人也很体贴。

江月在她心里是独一无二的，她对江月而言却不是最特别的那一个，对此，她很不满。

安雨濛噘着嘴抱怨道："你到底知不知道我在说什么？"

江月满脸疑惑："今天怎么了，打哑谜啊？有什么话直接说，我听着呢。"

安雨濛鼓起勇气，羞涩地说："你明明知道我对你……"

这太让人害羞了，她直接把头埋进臂弯里。

她以为江月要思考，是接受还是拒绝。

结果江月一秒都没耽搁，轻松地说："我知道，我也喜欢安安。"

安雨濛不敢置信，抬头望着江月，眼睛扑闪扑闪的：接受了？这么简单？

谁知江月竟接着说："我也喜欢时光，还有全部的小伙伴。"

安雨濛的眼神就暗淡了下去，她有种自己在对牛弹琴的感觉。

江月看她又把脸藏起来了，温柔地摸着她的后脑勺说："这么难受？我去给你找点热水冲红糖吧。"

安雨濛猛地抬起头说："我不要，我不要你的关心，也不要你的喜欢，更不要沦为你的朋友之一！"

江月被她吓得手都收回来了。

这么多年以来，她不就是他的朋友之一吗？

只因为她是女孩子，所以他对她格外照顾一些。

她对此一直都很满意，怎么突然发这么大脾气？

安雨濛见江月一脸茫然的样子，更生气了，她大声地吼他："凭什么我是朋友之一，剪年就是你的人？你知不知道她是时光的人，不是你的！"

有些话，在年少轻狂时，是很容易说出口的，比如"她是我的人"，比如"我愿意"。

年龄越大，越难给对方承诺，因为年少时说的承诺就算不去实现，那也没有关系，至少在说的那一刻，心里是真的这样想。

年纪大了以后，责任感重了，总觉得说出的话就必须要做到。凡是有可能做不到的，就不愿意轻易说出口了。

时光本是到教室来看看江月怎么半天没回球场，冷不丁听见这么劲爆的内容。

他没进教室，而是站在窗外，静静地聆听。

江月沉默了好一会儿，终是叹息了一声说："当时我太生气了，说的都是气话，而且我已经忘记了，你也不要再念念不忘。"

安雨濛咬着唇，很生气，但她觉得："气话才是真心话。"

江月无奈极了，不知道是说给安雨濛听，还是告诫自己："安安，喜欢一个人是没办法控制的事，也没有理由可言，但是，忍着不说出口，不让她烦恼，是选择。知道她有喜欢的人了，不去破坏，也是选择。"

安雨濛没有想到，他对剪年的在意比她以为的更多，当即哭得上气不接下气。

江月无奈地坐在她身边，好言相劝："安安，不要伤心嘛。你见过的男生太少了,才会觉得我还不错。等你将来遇到比我优秀百倍千倍的男生,你才知道真正的心动是什么样的。"

安雨濛问:"你怎么知道我现在就不是真的心动?"

"因为我们从小一起长大,兄妹情深,你感到生气的主要原因是觉得哥哥被人分享了,这是亲情而不是喜欢。"江月冷静地说,"将来你会遇到真正想要共度一生的人。在那个男生出现以前,我会一直在你身边保护你、宠着你,像哥哥一样照顾你,好不好?"

明明是很好的条件,一切都如往昔一般没有变化,可安雨濛懂了,江月有想要共度余生的人,并不是她,她只感到悲从中来。

江月轻松地笑着安慰她:"安安,爱情只是人生中很小的一部分,你看我被嫌弃成这样了,不也还是好好的?是很痛苦,可是过段时间就好了。时间就像滴落的树脂,将心事包裹起来,最后慢慢变成琥珀,时间越久,看起来反而越美。"

安雨濛终于不"哇哇"哭了,望着他的眼睛里蓄满泪水。

江月笑了:"安安,一定是因为我有什么地方还不错,你才会欣赏我。为了回报你的心意,我要变得越来越好。等到很多年以后,当你回忆往事,依旧能发自内心地笑出来。我要你不管到任何时候,都觉得自己的眼光没有错,我会努力的,成为一个不让你感到后悔的人!"

安雨濛已然觉得,江月真的太好了。

他让她明白了,爱不是蛮横地强求,而是水到渠成的归宿。

时光终于知道为什么江月最近在学习上特别用功,再也不是以前那种靠小聪明混日子的状态了。原来在他不知道的时候,发生了这样的事,江月成长了,终于找到了自己奋斗的目标。

剪年看到时光了,远远地问他:"时光,我要去买水,你要不要？"

时光笑着走过去说："我去店里给你拿。"

"哎！早知道就不叫你了，好像我想占你便宜才故意问你似的。"

时光明显惊讶地看了她一眼说："你不占我的便宜还想要占谁的？"

剪年"噗"的一声笑出来说："好，只占你的便宜总行了吧？我要矿泉水。"

时光说："给江月他们一人也拿一瓶吧，他们爱喝冰的碳酸饮料。"

剪年边走边嘀咕："你这样天天请客也不怕家里亏钱。"

时光拎着一袋水追上她说："你这么把家，我何愁将来没有家财万贯。"

剪年笑着打了他一下说："我负责把家，你负责浪费哈？"

时光思索了一下说："那这样，我让他们休息日到我家帮忙上货，就当是抵饮料钱。"

剪年竖起大拇指点赞说："好，就该锻炼他们，那群少爷，在家里啥事不做，个个缺乏劳动，你得让他们知道劳动人民的辛苦！"

时光笑："好，那事都给他们做了，我做什么？"

剪年想也不想地说："陪我啊，我最近在做数学卷子，蛮难的呢，一起研究。"

剪彦武和那位失婚女性分手了，原因是她太宝贝自己的女儿，要给女儿最好的一切，对女儿也比对剪筠好，让剪彦武重男轻女的思想受到了巨大冲击。两人三观不一致，很难继续走下去。

要改变一个人的生活环境是一件相对简单的事，有钱就能解决，可观念的改变却很难。

剪彦武身在城市，离婚以后跟城里的女性交往，发现她们都太有主见了，这是几段感情都没能长久的原因。

他觉得女人还是不要读太多书的好，搞得两人起争执，他都不一定能辩赢她们了。

剪彦武对剪年说："为人父母的义务就是把孩子养到成年，等你十八岁以后就要自己养活自己。"

正常来说，剪年十八岁的时候应该在读大一，生活费她应该能靠兼职赚到，至于学费，大不了申请助学贷款。她会好好读下去，不会退让的。

剪蓉离开王虎以后，用自己多年来的积蓄开了个小美容院，招了四个女孩子做事。这几年发展得挺好，现在也算小有规模，今年开第五家分店了。

作为一个富婆，追求她的男性越来越多。

她失婚过，行差踏错过，早就不相信男人和爱情了，现在面对追求者就很谨慎，甚至可以说是全部拒之门外。

剪彦武觉得所有追求剪蓉的男人都只是看上了她的钱，所以每一个他都是反对的。

剪蓉就是个没心眼的人，不然也不会一再地被男人骗，所以她不喜欢所谓的聪明人，她宁可自己的另一半就是个老实人，和她安安心心地过日子，别算计她，所以她只是观察那些追求者，一个都没同意。

她一直很喜欢剪年，现在有钱了，对剪年疼爱更甚，许诺说："年年考上大学的话，学费姑姑来出，你只管放心读书。"

剪年感谢姑姑如此疼爱，附在她耳边问："姑姑，追求你的人里面有一位姓肖的叔叔吗？"

剪蓉疑惑地说："肖云起啊，你认识？"

剪年神秘一笑说："姑姑，肖叔叔人很好的。"

说到肖云起，剪蓉对他的印象还不错，他是那种话特别少的人。

有次美容院的下水管坏了，因为他是做工程的，剪蓉就请他帮忙介绍个维修师傅，结果他开着自己的小破车就来到了美容院，脱下西装就开始修下水管。

等到弄好的时候，他的后背都湿透了，笑着说："好多年没亲自动过手了，但我的技术还在。"

剪蓉当时就觉得这人挺实诚，有事是真上。

后来肖云起去店里更频繁了，每次都拎一大包水果，放在她的办公桌上，说的却是："给员工们吃。"

剪蓉就觉得好笑：我的员工，要你来犒劳啊？

美容院里的技师都是些年轻女孩子，大家看出端倪，笑言道："老板，人家帅哥天天不辞辛劳地来看你，门槛都要踏破了，你倒是给人家个话啊。"

剪蓉轻笑，嘴硬地说："他来给你们送水果吃，我除了说'谢谢'还要给什么话？"

"老板明知故问，肖工脸皮薄，扯着个由头就为来看你。你倒是给人家个机会，互相了解一下嘛。"

剪蓉当时就被说得有点心动了，现在剪年又提起肖云起，她心中一暖：肖工老实，有点憨憨的，和这样的人在一起，能心安。

这个学期还没结束，时光已经把电磁学都学完了，然后很有兴趣地跟剪年讲："电磁学很简单，就是电子从静止到运动到最后跑起来的过程，当有了外力，比如磁力的时候，它就动起来了。"

剪年马上截住了他的话头说："这图是电子在磁场中的运动？对不起，在我眼里这就是块芝麻饼干，谢谢。"

剪年只有周末才和大家一起回家，每次她都是最先下课的那个，她站在楼梯口的窗户边低着头看文科书，不一会儿江月就出来了，也低着头玩手机。

放学的同学们这时候就会不断地回头去看，窃窃私语："那个男生好帅！"

"旁边的女生是他朋友吗？"

"不知道耶，不过两人也不说话，说不定不认识。"

剪年受不了那些打量的目光"唰唰"地向自己投来，嫌弃地说："你换个地方站好不好？"

江月无辜地说："怎么了？我又没挤着你。"

剪年不满地说："你害我一直被人看看看……我又不是猴子，不需要那么多关注！"

江月笑："哎呀，你骂人还挺狠啊！"

剪年教训他："谁让你整天到处刷脸，骚气外露。在学校就不能好好穿校服吗？为什么要穿白衬衣这种浪得要死的衣服？"

江月既惊讶又委屈地说："我长得好看是我的错吗？"

"呸呸呸……"剪年一脸嫌弃地说，"这么不要脸的话你都说得出来，我不听！"

江月坚持道："你还不让人说实话了，是吧？"

两人拌嘴拌得正凶，时光紧赶慢赶地到了他们面前说："又是我最后一个到？抱歉，老师刚才在讲一道竞赛题，挺有意思的，我跟你们说……"

斗嘴斗得正欢的两人立马一致对外，异口同声地说："闭嘴，我们不想听！"

时光一愣，然后笑道："好好好，那快走吧，天要黑了。"

江月哼哼唧唧地说："你也知道晚了？每次都等你。"

"哎呀，谁让我们物理老师的业余爱好就是研究刁钻的难题，还很喜欢和我们分享。"

"他是想让你参赛吧？"

"嗯。明年春天有比赛，我到时候想试试。"

江月和剪年又差点就要抱在一起瑟瑟发抖了：学霸，太可怕了！

当这两个学习尖子在忙着准备冲刺高考的时候，时光已经视高考为无物，在考虑参赛的事了：都是爹妈生的碳基生物，人和人的差距怎么能比人和狗都大呢？

选专业，考大学，果然是分道扬镳的人生节点。

成绩很好的江月还是选择要跟自己热爱的音乐一起走向未来，他考入音乐学院，选择作曲专业。

剪年靠英语优势，考上外国语大学的小语种专业。

时光选了剪年报考的那所城市里的一所大学读建筑。

剪年反对："大学就四年而已，何必非要在一座城市里念？等毕业了，我们再决定要在哪座城市立足都可以啊。"

这话，是经历过时间洗礼和爱情淬炼的人，在不畏惧己心改变的情况下才说得出来的。

可时光并未经历过那些，对他而言，四年不是倏忽而过的，更不会自信地认为，他不在剪年身边四年，他们之间也不会有任何变数。

时光双手插兜，和剪年漫步在河堤上，平静地说："我选的那所大学也不错。"

剪年问："可你参赛获奖之后，保送名牌大学的名额都已经到手了，为什么不接受？"

时光轻松以对："保送的限制很多，我不喜欢被保送学校的专业。"

剪年忧心："读结构很辛苦的。"

时光点头："我知道，但我就想成为工程师。"

剪年想起来，记忆中的时光读的也是这个专业。他真的是个长情又专一的人，不管世事如何变迁，大家的命运都发生了改变，唯有他，依旧笔直地前行。

剪年站定后，看着他说："这个暑假很长，你有想要去哪里玩吗？"

时光早有想法："可以的话，一起去音乐节吧，江月会登台唱歌。"

江月还是走上了音乐的道路，果然骨子里深爱着的东西是不会轻易改变的，而这一次，他将会从科班走出去，有名师教学，有优秀的同僚，有专业铺路，他的前路会是宽广且光明的吧。

人山人海的音乐节上，身边挤挤挨挨都是狂热的年轻人，他们挥洒着青春的躁动，发泄着内心的激情，跟着音乐激烈地舞动。

时光紧紧牵着剪年的手，很怕和她走散了。

两人在离舞台很远的地方，他们甚至看不清江月的面容，只能通过现场的大屏看到他今天化了浓艳的眼妆，脸上却是白净如昔，粲然一笑的时候,全场就掀起了更高的声浪。

江月唱一首温柔的歌谣,述说一个人的成长和蜕变,从懵懂无知到长大成人,从跌跌撞撞到稳稳当当,主人公经历了很多次的成长,他一直在寻找能让心宁静下来的彼方,因为彼方很远,所以他尚未到达,还在奔跑在路上。

时光和剪年举行订婚宴的那天,六人小队除了江月全员到场。

江月现在已经是万众瞩目的明星,忙是他的常态,二十四小时之内不在同一个国家都是他的日常。

订婚宴和一个重要的访谈节目的时间冲突了,公司安排他去录节目,所以他无法参加订婚宴。

这边厢,好朋友们对时光和剪年这一对都是羡慕嫉妒恨,学生时代相恋,一毕业就结婚,这童话般的爱情故事,是谁羡慕到眼眶发热?

是他们啊。

觥筹交错之间,祝福的话语不断,现场一片欢乐。

剪年的电话忽然响起,是个陌生号码,她接起来一听,对方说:"您好,请问是剪小姐吗?"

剪年:"我是。"

"您好,我们是'星光闪耀'节目组,江月先生今天在我们的节目做客,其中有一个环节是要聊江月先生的初恋。他给了我们这个电话号码,说是能联系上的话就可以谈,现在请您稍候片刻,我把电话接到节目现场。"

对方的语速很快,剪年只有听的份儿,很快就传来了主持人的播音腔:"我们现在已经和江月的初恋小姐姐联系上了,电话已经接到我这里。小姐姐您好，我是主持人杨茵。"

剪年一时没反应过来，机械地说："您好。"

"江月现在就坐在我的对面，当然，现场还有很多热情的观众。刚才谈到初恋的话题，他洋洋洒洒地聊了很多，还说以此为灵感写过歌。可是自从电话接通了以后，他看起来就很紧张了。请问，你们有多久没见面了？"

剪年很快冷静下来，临危不乱地开始应对一个公开播放的采访："其实，是他没有见到我而已，我有去看他的演唱会。"

主持人嗅到了浓浓的八卦气息，继续追问："这件事他还真不知道，刚才他跟我说，已经有四年没有见过你了。"

剪年笑着说："那又有什么关系呢？就算是四十年没有见，我们依旧会支持他，而他也很清楚这件事。"

本来略显局促，只能以微笑面对的江月，听剪年这样说，当即就红了眼眶。

剪年打开手机的扬声器，跟大家说："是江月，他在上节目，你们有话要跟他说吗？"

大家呼地围拢成圈，都很兴奋，一个一个地说：

"江月，我是安安，你什么时候有空回来？我想介绍我男朋友给你认识，他说要跟我的初恋一醉方休。他听过你的歌，很欣赏你哦！"

"江月，我是大白，我的女同事知道你是我朋友，都跟我要你的签名。放着我这么孔武有力的警察哥哥不爱，喜欢什么明星啊，肤浅！"

"江月，当年和你一起读书的时候天天见，都没想到让你当我的模特儿，现在我要是画你，能给我算个友情价吗？"

"江月，要保重身体哦，你以前就瘦，现在更瘦了。你要多吃一点，像我一样胖胖的才好呢！"

景山刚讲完，时光就凑了过去。

大家全都闪开了，很是期待：这是情敌相见分外眼红啊，现场围观，好激动！

时光的声音一如既往的温柔轻缓："江月，我们在音乐节上看到你第一次登上舞台的时候，年年就说你一定会红。因为你不仅有实力，还比任何人都更努力，最重要的是，你还长得帅。你知道我的压力有多大吗？她那么喜欢你，我要怎么做才能让她死心塌地地爱上我呢？今天我们订婚，我很希望你能在场，我想让你看看，这十年我走得很慢，可走得很稳。我想让你知道，她和我在一起很好，这样，你才会放心吧。"

比任何人都懂体贴为何的江月，比任何人更懂包容是什么的时光，他们都是很好，很好的。

大家纵使分离，也全都走在康庄大道上，走向了美好的未来，真的是太好了。

主持人杨茵见江月难以自控，掩面而泣，体谅地帮他圆场："真羡慕你们，时隔经年，朋友依旧是朋友，大家的关系没有因为分离而发生改变，你们的友情经受住了时间和身份变化的考验。"

江月抹去泪水，平复情绪后说："今晚我就飞回去，一个都不能少，你们等我。"

电话里传来欢呼声，大家纷纷喊他早点回来。

在场的观众也觉得感动，他们喜欢的江月有一群可爱的小伙伴，那是再好不过的事了。

事后剪年才察觉到不对："为什么你知道我是江月的初恋一点都

不惊讶？"

时光释然一笑，说："我早就知道了，当然不惊讶。你现在知道为什么考大学的时候我不想离你太远吗？换了任何人我都不怕，但是江月嘛，他对女生的吸引力是黑洞级别的，不得不防。"

剪年故作惊讶地说："单纯又善良的时光竟然是个腹黑之人！"

时光不怕承认："因为害怕，所以要把一切威胁消灭在未萌芽的时候。"

剪年眨巴着眼睛，一脸无辜地望着他说："我控制不了别人喜欢我，只能控制自己喜欢谁，我都公开写情书给你了，还没给你足够的安全感吗？"

大家一听，立马来了兴致，问："什么情书？"

"我们错过了什么？"

时光无奈地笑着摇了摇头说："高中有次模拟考，她写了篇作文叫《不负时光》……"

"哇哦——"大家开始哄笑了，"这么赤裸裸地表白吗？"

"你们学校不是出了名的严，被抓到早恋的学生要么分手，要么转学，她怎么敢的？"

剪年骄傲一笑说："主题是'珍惜时光'，以有限的生命创造无限的可能，这么正能量的内容，为什么不敢？"

大家好奇地追问："她写的考场作文是什么内容，时光怎么知道的？"

时光至今想起，依旧会脸红："她那篇作文被选为优秀范文印出来，全年级人手一份。"

大家的笑声响彻整个宴会厅，不愧是剪年，不仅不藏着掖着，还要让所有人都知道，这高调的爱情。

剪年既然敢做，就没在怕。她撑着脸颊，笑望着时光说："你怎么不告诉大家，作文的最后一句是什么？"

当年这篇作文在时光的班上掀起过轩然大波，别的班不一定那么敏感，但时光班上的人不得不敏感，毕竟这是有人表白咱班的帅小伙啊！

八卦落在全校"卷"学习"卷"得最狠的实验班里，它就像是裂缝中透进来的一丝阳光，让大家都收获了片刻的欢乐。

时光当然记得，只是现在想来依然感到羞涩："我不负时光，唯愿时光也不负我。"

剪年笑问道："我光明正大地把情书写到全年级老师和同学的面前，你还要我怎么样？"

大家摇头，拒绝吃狗粮，并提出了觉得不合理的地方："就没有一个老师怀疑你是借着写作文的名义表白吗？"

剪年大方地说："有啊，我的语文老师首先察觉出不对劲，别的老师应该也有所怀疑吧。"

大家不解："不是说你们学校对这块管得很严，绝不手下留情吗？"

剪年至今想起学生时代都觉得很开心，因为优秀的学生或多或少总是有点特权，以及老师的偏爱。

当年语文老师非常善良，只劝她说："把'时光'改成'韶华'可好？"

剪年觉得《不负韶华》也很好听，但是仗着老师的偏爱，她坚持道："老师，文学创作怎么能给流言蜚语让道呢？因为学校有个同学叫时光，我就不能用'时光'二字。要是有个同学叫阳光,是不是就不能写'我爱阳光'了?若创作没有自由,便失去了创作的意义。"

大家听她说完差点笑死:不愧是剪年,年纪虽小,歪理却多。

于是大家一致爆发出赞赏:"你可真是个秀儿!"

当着大家的面,剪年大大方方地再次对时光表白:"不用担忧,我眼里一直都只有你。"

剪年和时光订婚以后就搬到他家里去住了。时光家考虑到剪年的爸爸近两年生意上出了状况,经济上不宽裕,就提出两人办婚礼所需的钱全部由时家来出。

搬到时光家的第一天晚上,时爸爸就给了剪年一本存折说:"这钱是存给时光娶老婆用的,既然你家里不要彩礼,那钱就都给你。看你们是要买房、买车还是存款、投资……随意。"

剪年不是个眼高手低的人,一直只求安稳地生活,突然飞来一笔横财,她都不知道该咋花。

时光建议:"那就先存着,看你什么时候想用了再取。给你买辆车也行,通勤方便。"

剪年退缩:"我虽然有驾照,但是害怕开车上路。"

时光自荐:"那我开车,做你的司机。"

剪年开心:"赞成!"

晚上两人排排睡,时光心里有个埋了很多年的问题,忍不住问她:"年年,我问你一件事,你不要生气哦。"

剪年不上当:"我听了再决定要不要生气。"

时光纠结了半晌,还是问了:"当初,我家的情况很糟糕,你都知道,为什么你那时候就认定了我呢?"

剪年翻身朝着他,不假思索地说:"因为时光同学在看到我最尴尬的模样后,当即就对我表现出了善意。你知道雏鸟会把第一眼看到的东西认作母亲,从此产生依恋吗?我也有雏鸟情结。"

这只是明面上的理由,真实的原因是:时光一直是剪年的目标和向往。她想要活得像时光一样,帅气地行走在阳光下,先努力成功,然后再用余力去帮助他人,成为一个温暖又值得被爱的人。为了配得上时光,她这十年所做的努力,只比他多不比他少。

幸运的是,他们努力的方向是一致的,这就是双向奔赴的爱。

又过了两年,剪筠要结婚。

他想娶的女生比他大两岁,女生长得漂亮还很懂事。

剪筠好像一夕之间就长大了,工作踏实了,人也靠谱些了,果然有女生管和没有女生管的区别很大。

女生家里提出的唯一要求就是男方必须有房,女生家是农村的,就算是嫁给农村人,男方家至少也得有几间房才行,婚后有个属于自己的家是必需的,不能说嫁给城里人连房子都没有。

这下把剪彦武给难住了,他是个今朝有酒今朝醉的人,从来不存钱,一时半会儿根本就拿不出一大笔钱来给剪筠付首付。就算是再给他三年五载,他一样存不下来钱。

家里没办法,就把主意打到了时光和剪年的身上,方案有两个:一是借钱一次性付清房款,剪筠余生慢慢还钱;二是只借首付,剪筠两口子自己还贷。

时光和剪年的工资收入都很不错,家里的小卖铺也做得风生水起,剪年又是个酷爱存钱、不爱花钱的人，这些年钱是真存了不少。别说一套房子，就是一栋别墅的钱，她都拿得出。

只是，弟弟买房子结婚，跟一个已经嫁出去的女儿提要求，着实有点说不过去，所以一屋子人都只说方案，没说谁来出这个钱，但专门把出嫁的女儿叫回家商量事情，谁负责出钱，还不明显吗？

剪年那么聪明，当然知道全家人都望着自己的钱包，但她就是不主动揽事：求人得有个求人的样子。

最终还是剪筠提出："姐姐、姐夫，我现在每个月有四千多的工资，丽丽有两千多，我俩供房贷是没有问题的，请借二十万给我付首付，我俩一定会好好存钱，慢慢把钱还给你们的，按银行贷款给你们算利息！"

剪筠、丽丽两人的工资加起来都没剪年一个人高，剪筠高中辍学，丽丽是大专学历，两人都不是那种聪明到可以赶上风口或是能抓住机会赚大钱的人，是不太可能突然发大财的。

两人那点工资，光是还房贷就够呛的了，借的二十万什么时候才还得上？

基本生活就不说了，就说婚后两人得要孩子吧？花销只会越来越大。

剪年保守估计，十五年以内，那两口子都不太可能还得上借的钱。

其实在来之前，剪年和时光都已经商量好了，买房子的钱她可以出，但房子写她的名字。她就是要让全家人时时刻刻都记住，他们住在谁的房子里，是谁在为他们挡风遮雨。

是她，这个嫁出去的姑娘；是她，这个被从小嫌弃着长大的女孩儿；是她，在家庭需要的时候出手相助。

她不是奶奶说的白眼狼。

后来，奶奶有了带花园的大房子住，逢人就说房子是孙女买的，见人就说自己的孙女有多能干，比家里几个弟弟强多了，说孙女的工作好、嫁得好、丈夫疼爱、婆家尊重。

奶奶一开始夸剪年就停不下来，宛如当年说她不行一样持久。原来她都知道，剪年其实有很多优点。

邻居听了纷纷表示：老太太你真是好福气啊！

秋意渐浓的时候，江月来看剪年，她的预产期快到了，他提前来认个干亲。

公园里没多少人，秋日的暖阳是最美的馈赠。

三个人走在一地的梧桐落叶上，沙沙作响。

依旧是个单身贵族的江月羡慕地说："我的老婆还不知道在哪儿呢，我们的孩子也要在一起上学的事看来是泡汤了。"

剪年调侃他："主要是大明星你美女看得太多了，挑花了眼。"

江月笑言道："快别说什么美女，上次一个女明星给我拍MV，失足落水，从水里爬起来的时候鼻子歪了，胸也塌了。我一双肉眼很难分辨出谁是人工的谁是天然的……不敢爱，怕破坏我的优良基因，好可怕。"

不管多少年过去了，江月的自恋都是没药医的。

不多时，江月的经纪人找来，催促他动身去赶飞机。

江月恋恋不舍地蹲下身，靠近剪年的肚子说："干爹走了，改天再来看你，别太调皮啊，妈妈很辛苦的。"

剪年笑着，低头看到他一脸单纯的眷恋。

曾经，她为他怀的孩子他都没有这般期待过，这一生能见到他好好的，她也就心安了。

剪年轻声说："谢谢。"

江月莫名抬头，问："谢什么？"

"很多。"

江月有那么一瞬间觉得他好像懂了，细细一想好像又不懂，他摇摇头，走了。

谢谢你喜欢过我，谢谢你祝福我，谢谢你没有让我们的关系走到相忘于江湖的地步，谢谢你让我看到你变了。

你很好，我很心安。

- 正文完 -

番外一
江月年年望相似

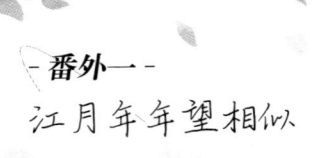

剪年第一次生孩子，虽然早有心理准备，但阵痛不是靠精神意志力就能忍住的疼痛级别。她在医院的墙壁上挠出道道抓痕，指甲都抓劈了。

阵痛的间隔时间越来越短，她根本就感觉不到手指上的疼痛。

十几个小时的疼痛折磨以后，她的身体才达到进入产房待产的条件，以为一切马上就要结束了，结果迎来的是更剧烈的疼痛。

她在被疼晕和被疼醒之间交替沉浮，不知道这样的痛苦什么时候是个头。

等她再次睁眼，入目是耀眼的灯光。

她躺在医院的病床上，浑身疼得难受，看这情形，应该是生完孩子了。

她张嘴，却发不出声音，想动，但是全身无一处能动。

很快护士进来了，询问了她一堆问题。她想回应，但说不出话，甚至连点头的动作都做不了。

医生随后赶到，给她安排了一系列检查项目。

剪年躺在床上被人推来推去，意识清醒，但浑身动弹不得。

检查项目全部结束，她又被推回病房。床还没有摆顺，就有人冲进病房里，欣喜又急不可耐地呼唤："年年！"

剪年现在唯一能动的是眼珠，她只能等着对方靠近，然后眼前出现了江月的脸。

她不明白，为什么见到的第一个认识的人会是江月，时光和她的家人怎么一个都不在？难道他们都围着孩子转，没人顾得上她吗？

"年年……"江月看她的眼睛睁着，整个人都因激动而颤抖。

他伸手，小心翼翼地用指腹轻触她的脸颊，眼睛直直地望着，再说不出话来，眼泪夺眶而出，簌簌滚落。

剪年眼睁睁地看着豆大的泪珠跌落下来，滴在她的脸上，一开始是温热的，慢慢变凉……

她想，她身上一定发生了很不好的事，江月才会哭得这么伤心。

就算是医疗很发达的现代社会，仍有产妇因生产死亡，难道她就是那不幸人之一，同时又幸运地被现代医学抢救回来了，江月才会如此激动？

护士通知江月："家属请跟我来，医生要跟你沟通病人的情况。"

江月抬手抹干脸上的泪，走之前说："年年，你不能睡，等我，我很快就回来陪着你，不要睡哦！"

剪年并不想睡，她有很多问题想问，奈何身体不允许。

她不仅四肢动不了，就连声带也拒绝工作，只可惜眼睛不会说话，没人读得懂她想问什么：为什么第一时间来找我的不是时光？护士叫家属去见医生，去的为什么是江月？我的孩子怎么样了？

想到孩子，剪年脑中的弦忽然绷紧了：难道，孩子的情况比我更糟糕，所以大家都才顾不上我？

剪年的心都被揪紧了，明明心里急得要命，身体却不能动弹。

主治医生面对江月，一脸的藏不住的喜气，第一句话便说："病人终于醒了，真是个奇迹。一般脑外伤患者在昏迷后三个月内清醒的比较多，像她这种昏迷了六个月还能醒来的概率是非常低的，多亏了你没有不放弃，病人的意志力也足够顽强，可喜可贺。"

江月心潮澎湃，激动地说："谢谢医生，谢谢你们这么久的努力！"

医生说："都是我们应该做的。"

江月喜忧参半，担心地问："她醒了以后就不会再陷入昏迷了吧？不会睡一觉又醒不过来吧？"

医生说："你说的这种情况也是存在的，不过一切还是要等病人的检查结果出来了以后，看她的身体状况才知道。"

"好好好……"江月忙不迭地问，"现在我能做什么？"

医生说："你暂时做不了什么，长时间昏迷的病人醒来以后，身体机能在四十八小时以后才能逐步恢复。长期卧床的病人基本上都会出现肌无力的情况，需要进行物理治疗。病人后期还要积极配合复健才能逐渐恢复自理能力，你可以多鼓励她。"

江月听到"恢复自理能力"，眼泪一下就涌出来了。

今天之前都是不知道剪年会不会醒来的无望地等待，今天她醒了，还有望恢复健康，在他看来，完全就是医生从阎王那里抢回了她的性命，宛若再世为人。

"她什么时候可以自己吃东西？"这半年以来，江月真的很心疼她一直是靠鼻饲饮食续命，现在好了，以后她可以吃好吃的了。

"这个不着急，要等她身体机能恢复了以后。"医生补充道，"后续要加强营养，多吃高蛋白食物，以促进肌肉增长，改善肌力。"

江月认真地记下医嘱，回到病房，坐在剪年床边，见她还睁着眼睛，心里高兴极了。

在这一刻他真切地认为，文字和语言都不足以表达失而复得的心情的万分之一。

他轻轻抬起剪年的手，放在自己的手心，一根一根地帮她活动手指，轻柔地按摩她的手腕和胳膊，慢慢往上，直到整只手臂都按摩到了，再换另一只胳膊重复以上的动作。

剪年无法出声，江月也很安静，只是他就像不知疲倦一般，手上不停地按完了上半身，继续按下半身。

当他毫不犹豫地抓住剪年的脚的时候，她心里十分震惊：就算我的身体需要按摩，也不该由江月来吧？

然而无人阻止，以至于他一路往上，连她的腿根都按摩到了。

剪年知道他是在为自己理疗，但是，非得由他亲自动手吗？请专业的理疗师不行吗？她又不是付不起钱！

身体的知觉在慢慢地恢复，剪年觉得每一秒都比上一秒更难挨，想动却不能动，是最折磨人的事，而知觉恢复得越好，不舒服的感觉就越强烈。

她想动一动酸痛的身体，想挠痒痒，但都做不到。这是何等的折磨，满清十大酷刑也不过如此。

第二天江月又来医院为剪年按摩，他极有耐心，不厌其烦，仔仔细细地重复那个漫长的过程。

剪年虽满腹疑惑却无法出声，急得眉头都蹙成了川字。

江月见她竟然有表情了，喜不自胜，俯身在她额头上亲了一口，高兴地说："年年加油,你很快就会好起来!"

剪年的瞳孔仿佛经历了地震,按摩全身是个体力活,她可以当作理疗需要,但江月亲她算是怎么回事?

她一个有夫之妇,江月怎么可以这样对她呢?

剪年气得嘴唇都在颤抖,江月却没有看见。

他去水房兑了一盆温水,放在剪年的病床旁,然后关上房门,再回到床边,掀开剪年身上的被子,拧好毛巾,给她洗脸。

剪年正暗自疑惑,洗脸需要掀被子吗?

江月已经又拧了一次毛巾,给她擦脖子。

剪年预感不妙,觉得再往下擦就不对了,好在江月下一步是给她擦手。

她刚松出一口气来,觉得还好江月还有底线,就见他把毛巾一放,伸出双手去解她的衣服扣子。

剪年在心里疯狂尖叫,震耳欲聋。

就算江月一脸坦然,目光清澈,毫无邪念,也不等于他能看她的裸体,更不等于他可以帮她擦拭身体!

扣子解到第三颗,再往下可就是限制级了,剪年看江月完全没有要停手的意思,于是把全部的情绪转化为力量,使出浑身的力气,大喊一声:"住手!"

她以为自己喊得声如洪钟,实际上声音极其微弱,只是江月离她很近,听见了。

他惊喜地望着她,高兴极了:"年年,你能说话了?你等下,我去叫医生!"

江月不忘把她的衣服都扣好,又盖上被子,这才跑去找医生。

医生检查以后告诉他一个好消息:"她的身体机能恢复得很不错,晚上可以给她喝一些肉汤。从汤到流食再慢慢到固体,一步步来,不要急。"

江月看向剪年的眼神十分激动,眼眶红得厉害,极力忍耐着不让自己落泪。

剪年不懂江月为什么会用那样的眼神看自己,仿佛自己对他而言,是最重要的人,她的好坏生死,对他意义非凡。

江月离开以后,剪年独自努力:尝试控制声带,尝试控制身体。

她从最简单的"啊"开始发声,慢慢找到让声带运动起来的巧劲,同时尝试调动指尖。如果能控制肢体的末端,那控制身体又有何难?

晚上江月再次出现,带来了热气腾腾的肉丸汤。

床被升起,呈六十度斜面,他一次喂她喝小半勺汤。

剪年调动嘴唇的能力还没完全恢复,有时候能动,有时候动不了,所以动不了的那次,汤就会洒一些,顺着下巴流下去。

江月对此早有准备,在她脖子上围了一条毛巾。

100毫升汤,剪年只喝了一小半,多半都流到毛巾上了。

江月对这个结果已经很满意了,仔仔细细地为她清洁了下巴和脖子,坐在床边陪她。

剪年认识的江月是一个说得多做得少的大少爷,能动口的事就绝不会自己动手。

剪年以前和他在一起的时候,他想喝水就让剪年去倒,她要是不倒,他宁可渴着不喝。

奈何她爱他,愿意宠着他,所以还挺高兴能为他做任何事。

现在这个只做事不说话的江月,不是剪年熟悉的江月。

暖乎乎的肉汤下肚,剪年感觉到热,那是由内而外的浑身暖融融的久违的热意,她有种身上的毛孔都舒张开了的舒服感:这就是食物的力量吗?

剪年利用那一股热意,积蓄起力量,然后爆发出来。

正用手机回信息的江月听见一个干涩的声音问:"时光呢?"

江月猛地抬头,对上了剪年的目光,惊讶得手机都差点掉地上,然后不解地说:"时……光?"

剪年趁着那股能量又问:"孩子……呢?"说完,她就闭上了眼睛,几个字而已,就耗尽了她全部的力气。

江月的眉头紧锁,手握成拳头,起身把床放低了二十度,让她躺得舒服一些,然后离开了病房。

剪年的检查结果已经出来了,外伤已经痊愈,身体内部也没问题,那她为何会问起时光?

医生听完家属的陈述,分析道:"严重的头部外伤通常会对智力和记忆力产生一定的影响,有的会出现短暂性失忆或是智力退化。像这位病人出现的记忆混乱的情况,已经算是轻症了。病人的语言功能正在慢慢恢复,你可以跟她多交流,协助她整理记忆,混乱是一时的,她可以重新找回正确的记忆嘛。"

江月听懂了,相较于那些醒来后变成了有智力障碍的患者,剪年的情况已经算很好了。

剪年一天比一天精神好,身体能动的部位也在逐渐增加。

江月每天都来医院,或早或晚,一定会来陪她。

他不在医院的时候,有个护工阿姨陪着剪年,擦身的事自然落在了阿姨的头上。

剪年一开始还很急地想见时光、孩子和家人，后来她想明白了，当务之急是先恢复身体健康，才有力气去找他们。

两周以后，剪年基本能正常说话了，身上也有了力气，能自己坐起身，腿脚也能动一动，只是无法长时间承受整个身体的重量，拄着拐杖或是扶着栏杆走路的时间不足二十分钟。

她可以吃流食，正在努力长肉，加油复健，只想早点恢复到普通人的地步。

那天江月特别高兴地对她说："年年，你可以出院了！"

剪年闻言，喜上眉梢："我可以回家了？"

"嗯，今天就回家！"

江月说完就开始收拾东西，然后把剪年抱上车。

剪年看着沿途的风景，觉得很陌生：住院不过两周，竟然连回自己家的路都不认识了。

想来是在生死关头走了一遭的关系，再次睁开眼睛看这个世界，觉得哪儿都像新的一样。

车停下，江月先把剪年抱下车，乘坐电梯。他让剪年用钥匙打开门，将她放在床上说："我下去拿行李。"

剪年环视房间，只有最基本的生活必需品，连一点多余的家具都没有，这不是她熟悉的家。

不过床上铺的四件套，是她喜欢的紫色。

江月放好行李，站在卧室门口望着她，笑着问道："喜欢吗？为庆祝你出院，我特意买的。"

剪年不答反问："这不是我家，这里是哪里？"

"你走路还不方便，之前家里的厕所是蹲式的，你用不了，我专门换了这套有电梯和马桶的房子。"江月一脸"求表扬"的表情说,"昨天才收拾妥当,今天就赶紧把你接回家了。"

他说着就过去挨着她坐下,深情款款地近距离看着她的眼睛。

剪年的心跳得飞快,她挪动身体,离他远了一些,表情凝重地说出了长久以来的猜测:"江月,我是被你绑架了吗?"

江月眨巴着大眼睛,没听懂:"你说的是什么意思?"

剪年质问:"你为什么不送我回家?时光知道我的行踪吗?我的孩子一出生就跟妈妈分开了这么长时间,他还好吗?"

她说到此处,泪水滚落,痛苦难抑。她都没看到孩子一眼,还不知道他长什么样子!

"时光?"江月苦涩地说,"你醒来以后问过很多次了,你找他干吗?"

"他是我的丈夫,我不找他找谁?"剪年的声音有浓重的鼻音,她捂着胸口,难受地说,"你……你是怎么做到不让他找到我的?"

江月也快哭了,但这个时候他必须要坚强,他拼命压住翻涌的情绪,声音温柔地说:"年年,你昏迷了快半年的时间,是不是梦到了时光?我们跟他已经很久没见过了,大概有六年之久……"

剪年惊恐地望着他,半晌,抱着自己的肚子,绝望地问:"那我的孩子……"

江月在这一刻也绷不住了,眼泪滚落。他一把抱住剪年,哭着道歉:"对不起,都是我的错,我不该跟安安见面,要不是我气得你打掉了孩子,我们就已经是他的爸爸妈妈了。"

气得打掉孩子?

剪年如遭雷击,隐约有些感觉,只是不愿意相信,始终抱着一丝希望，希望事情不是她猜想的那样，然而事实却是庄周梦蝶。

车祸后她和江月双双入院，江月比她先醒来，她在昏迷了半年以后奇迹般地苏醒，一时分不清现实和梦境。

原来，那一切都不过是她做的一个长长的美梦。

都说梦是反的，现在想来，还真是这样。

那个排外的小团体，居然接受了她，更离谱的是，她居然和他们相处融洽，最最最离谱的是，她还和安雨濛成了朋友。

她努力改变自己的人生和已知的未来，不仅让自己过上了理想的生活，还一身正气地勇敢出手，去匡正江月的人生，让他远离坏朋友，走正道。

她不想和江月再有任何感情纠葛，坚定地选择时光，过着平凡却幸福的人生。

现实中所有的遗憾，她在梦里都一一填补了。

有那么一刻，她觉得自己的人生也算心想事成，幸福得像做梦一样，结果，真的只是一个梦啊。

就连她怀孕生子，也是对现实的弥补：现实是，她在二十六岁这年打掉了江月的孩子；梦里面，她在二十六岁生下时光的孩子。

就连年龄，都一样。

她是那么强烈地想要逃啊，想离这烂泥一般的生活越远越好。

结果一睁眼，江月却告诉她，她还在那摊烂泥里面。

优秀的她，友好的朋友们，一帆风顺的理想人生……只是大脑在受到重创以后为她编织的一场梦。

江月见她一脸大受打击的样子，担心极了："年年，医生说记忆混乱只是一时的，我会帮你分清梦和现实，你很快就会好起来的。"

"不想醒，"剪年自言自语道，"为什么要让我醒来……"

江月不解地问："为什么不想醒？"

剪年绝望地闭上了眼睛，说："我的梦里，有时光。"

"你的梦里有我吗？"

江月问出这句话完全是下意识的反应，问完以后，他才感到心痛难耐：她宁可永溺梦境，也不想见自己。

剪年没有回答，只是缓缓躺下，蜷缩成一团。

她哭得浑身都在颤抖，呜咽着念叨了一遍又一遍："我不想醒……"

江月心痛得都快碎了，他抬手捂着胸口缓了缓，调整情绪重新振作起来说："年年，这半年，我每天都盼着你醒。我知道，以前我让你很失望，但以后不会了，我真的已经改了。从今以后，我会加油工作，努力赚钱，好好爱你……"

"哕……"剪年闻言，竟忍不住地有呕吐的生理反应。

她睁开眼，嫌弃地看着江月，只觉得他的表白让她感到恶心。

江月自尊心那么强的人，这辈子都没被女生嫌弃过，更遑论他表白，她居然想吐……

这于他而言，是莫大的羞辱。

他眼中有破碎的光，一如他破碎的心。

他想摸一摸剪年，却又不敢碰，怕她更厌恶自己。

江月情绪翻涌，却不是被羞辱后的生气，而是害怕失去她的不安占了上风。

他没有挽留过任何人，所以不擅长，他只能剖开自己的真心，展示给她看："年年，你是我在这个世界上唯一亲近的人了。我已经体会过失去你的感觉，太痛了，我承受不了。这段时间我都想明白了，你再给我一次机会,我一定不会让你失望。"

剪年停止了哭泣,冷静地反驳道:"你还有安安。"

她瓮声瓮气地补充道:"你从来都不缺人喜欢,只要你愿意,多的是人想要成为你的亲密爱人。"

一直以来江月都不是非她不可,是她强求了,求他爱自己,防范别的女人接近他,努力地和他绑在一起。

江月叹息一声,反省道:"以前是我太自私,太在乎自己,忽略了你的感受。"

他认真地保证:"我们经过了生死的考验,我都想明白了,年年,你比任何人都重要,甚至比我自己还重要。以后,我会爱你胜过爱我自己。"

剪年听了,一点都不感动,只觉得痛苦。梦里是她通过自己的努力得到的幸福生活,现实却是她跟江月捆绑在一起共同沉沦的残酷又无望的日子。

她不想面对,还不如不要醒来,宁可永溺梦境。

江月以为最痛苦的日子已经挨过去了,剪年终于醒了,自此以后,他俩好好的,每天都开开心心的。

结果,他竟比她没有醒来的时候还要难过。

她没醒,他尚有盼头,努力赚钱,付她的医疗费,好好地活着,要让她醒来以后看到不一样的自己。这是他给她的惊喜,也是最虔诚、最身体力行的道歉。

她终于醒了,他高兴得要命,她却是一脸的心灰意冷,别说惊喜了,她甚至不想看见他。

江月的心沉了下去,半年努力,一朝梦碎。

他一个人孑孓独行,走过了半年时光,可剪年却还留在那个她提出分手的雨夜。

"年年,"江月忍着排山倒海的心痛,乞求她,"你答应了妈妈要跟我为伴,不让我孤独寂寞,你不要食言,我只有你了……"

剪年震惊地看着他,当年就是因为她没有答应阿姨的请求,江月才会负气离开,然后整整四年都没再联系过她。

直到她在订婚宴上突然接到节目组打来的电话,说她是江月的初恋,是他让节目组联系她的,他们才以此为契机,恢复了联系。

"没有答应,"剪年讷讷地说,"我都跟你说清楚了,那只是为了让阿姨安心而已……"

剪年经常说分手,其实江月知道,她不是真的想分手,而是想以此证明,他舍不得她,她于他而言很重要。

她一说分手,江月就知道要哄哄她了。

所以在那个雨夜,剪年说分手,江月并没有当真。因为他比任何人都清楚,剪年有多爱他,只要他哄一哄,她就不会再闹脾气了。

可自从她醒来以后,不管是看他的眼神,还是对他说的话,她连"分手"的"分"字都不曾提过,江月却异常强烈地感觉到,她不爱他了。

这个念头在他的脑中稍纵即逝,他觉得太荒谬了,黄河瀑布有可能会倒流,但剪年不可能不爱他。

江月稳住心神说:"年年,你昏迷太久,大脑分不清梦境和现实,记忆有些混乱,没关系,明天我有时间陪你整理记忆。现在我要离开几个小时,演出完了我就回来。你好好休息,有事给我打电话,我手机调成振动了,能感觉得到。"

"演出……"剪年激动地脱口而出,"你还跟吉良混在一起?"

她那么努力地让他和吉良产生嫌隙，就是为了让他远离坏朋友，不要走向堕落，结果他还是跟吉良一起玩乐队。她所有的努力，终究是梦幻泡影。

"我知道你不喜欢吉良，但……"江月欲言又止，最终还是说了，"吉良已经去了另一个世界，以后，我们就不要再提他了。"

"死了？"剪年再次震惊，"怎么会？你们那天还在一起喝酒。"

"前几个月的事，他的女朋友被人调戏，他跟对方打架，被捅伤大腿，捅的位置不太好，出血过多没有抢救回来。"江月难过地说，"我遭遇车祸，你昏迷不醒，吉良也走了。年年你不知道这半年我是怎么熬过来的，生命脆弱得超乎想象，还好你醒了……"

江月低垂着眉眼，紧紧抓着床单，无甚情绪地说："你要是不醒，我就去陪你。"

剪年瞬间想起她在失去意识之前江月说的话："我不带你下地狱了，我一个人去。"

她不怀疑，他真的会说到做到。

江月背上琴离开家。

剪年现在行动不便，以静养为主，好在她喜静不喜动，一个人待着是她最擅长的事。

她发现，在这个连像样的家具都没几件的家里，居然有一排全新的书架。

以前她一直想要书架，但出租房太小，实在没地方摆。

她常说，等以后有了钱，换套大点的房子，要弄一整面墙的书架，上面摆满她想看的书，那就是她向往的生活。

书架上除了她看过的旧书，还有很多塑封完好的新书，种类很杂，有以图画为主的摄影集、插画书、科普书，有历史方面的书籍、人物传记、小说、现代诗……

她是只要眼睛闲着就连洗发水的成分都要读的人。面对这么多没看过的新书，她脸上不自觉地浮现出了笑容，这是她醒来以后第一次笑。

江月深夜归家，很轻很轻地打开门锁，一眼看到卧室里还亮着灯。

他不知道是剪年这半年一直待在医院，习惯了二十四小时亮着灯，还是她睡着了忘记关灯？不管是什么原因，他都激动得几欲落下泪来，家里有人，除他以外的人，他不再是孤单一个人。

江月放好琴，轻手轻脚地走到卧室门口。

剪年靠在床头看书。

他站在原地看着她，眼神缱绻，无尽眷恋。

剪年听见他的脚步声了，将书合上，问他："都是你买的？"

"嗯。"江月淡声道，"你不是一直想要放满书的书架吗？我每周逛一次书店，看到有意思的书就买回来，慢慢都快放满了。"

剪年听着，低垂了眉眼。

若以前江月有这么在乎她，她想要的就满足她的话，她早就感动地抱住他，越发爱他爱得发疯了。

现在，她听着这些并没有特别的感觉，心如止水，毫无波澜。

江月等了半晌，也不见她有任何回应。

他投她所好，希望她开心才做的这些事，却换不来她一句谢谢。

他心中有些郁闷，但马上想到以前剪年对他百般讨好，他只觉得理所应当，并没有因为她对自己好而心怀感激。

他这时候懂了，原来自己的爱意不被珍视是这样的感觉。

江月走到床边，剪年终于抬头看他。他从兜里拿出钱，递给她说："今天的演出费用，你收着。"

剪年没接，不解地问："为什么给我？"

江月轻笑着说："你以前总说手边没钱不安心，以后的演出费我都给你，让你安心。"

剪年不是财迷，但钱是物质基础，她不要大富大贵，普通的生活即可。

江月以前很混账，他赚得不少却远远不够他的花销，没几年就败光了所有家产，然后开始借钱花。剪年因此惶惶不可终日，所有的外债就像是系在她脖子上的绳索，让她寝食难安。

见她没有要接的意思，江月把钱放在床头柜里说："以后我就把钱放这儿了，家里的钱归你管。"

剪年以前太操心，伴侣和生活，任何一样都烦得她年纪轻轻白头发都"噌噌噌"往外冒了。江月跟她完全相反，只要今天不饿肚子，他就觉得生活挺好的。

他以前赚的钱都是自己挥霍掉，没给过剪年一分一毛，现在他把赚的钱如数上交，以为剪年会高兴一点，结果她却是一脸事不关己的冷漠。

江月在心里叹息了一声，他甚至都不敢叹出声音来，怕惹得她心情不好。

她愿意看看他买的书，已经很好了，他还奢求什么呢？

江月洗了个澡，一身清爽地来到床边。

剪年闻到沐浴后的清香，转脸见他擦了几下头发后很自然地上了床，像她一样靠坐在床头。

江月也转脸去看着她，两人目光相遇，他竟有一瞬间的不好意思，更多的还是开心："好久没有两个人一起睡了。"

剪年蹙眉，转身下床。

江月赶紧起身，半跪在床上，伸手扶她，问："你要去厕所？"

剪年的腿脚还不利索，但有拐杖，去家里的任何一个角落都没有问题。

她抱起床上的春被，一边摸拐杖一边说："我睡沙发。"

江月的指尖离她的胳膊只有咫尺之距，她这一句话，生生将两人阻隔成了最远的距离。

他不解地问："我们一起睡了这么多年，为什么突然要分开睡？"

"我们已经分手了。"

剪年在江月离开后的几个小时里，一直在梳理记忆。虽然哪些是现实，哪些是梦境，她无法完全分清，但她的身体成为这样的原因她记得很清楚。

"我没有离开是因为身体原因无法离开，不是我口是心非，更没有欲擒故纵……"她深深地叹息了一声，说，"你不要装作一切还跟从前一样，不一样的，我们回不去了。"

"年年……"江月收回想要抓她的手，自己下了床，抱起被子说，"你睡床，我睡沙发。"

剪年背对着他，不曾回头，直到听见卧室门开关的声音，她才卸了浑身力气，颓然地躺在床上。

她看着自己的手，这只手曾写下："我不负时光，唯愿时光也不负我。"

她闭上眼睛，全然想不明白，到底是谁辜负了谁。若真要论起来，可能是命运戏耍了她，让她得到又失去，失去再得到，情感永远在错位。

一米五的沙发，江月在上面睡不直，他屈着腿，心里烦成一团。

他曾哄好过剪年千百次，本以为这次可能有些困难，但他这么有诚意，她应该能感觉得到，知道他已经真心悔过，会原谅他。

结果，根本就说不到原谅与否的份儿上，光是她冷漠无情的眼神就让他溃不成军，千般手段都没有用武之地。

江月说到做到，第二天在家里陪着剪年梳理记忆。

两人认识多年，发生了太多事，留下无数的回忆和照片。

以前，剪年喜欢回忆往昔，她总说："和你在一起以前，我希望时间过得快一点，每天都盼着天亮，我想去学校见你。学习那么苦，要是没有喜欢的人，哪能坚持早起上学不迟到。和你在一起以后，我有时候希望时间过得慢点，让我多看看你，又希望一夜之间白头，就不用再担心外面那些小妖精把你抢走了。"

哪怕是在一起很多年以后，她仍然害怕失去他。因为她知道爱上一个人是一件多么不可控的事，万一哪天江月遇到了他真正爱的人，要离她而去，她都是不会惊讶的。

她为他做了那么多，经常回忆过往，就是知道他不爱自己，所以想感动他，想要靠自我牺牲留住他。这么多年，她一直爱得这么卑微。

现在，是江月在忆往昔。

剪年第一次听见他说这么多话，不厌其烦地讲述那些照片背后的故事，试图让她记起拍照时的她有多爱他。

江月讲起过往才发现，当时的他有多不珍惜剪年的爱和付出，几乎每一张照片，都是她强迫他拍的。

他不喜欢拍照是一个原因，另一个原因是他更喜欢和朋友们厮混。

对于剪年安排的那些所谓的"浪漫节日要有仪式感",他兴趣缺缺,却不得不陪她过,所以他总是一脸无聊的样子。

剪年把几张照片一字排开,江月的眉头都蹙紧了,十分恨当时的自己:你摆个死鱼脸给谁看啊?

"这些照片都不好看!年年喜欢拍照,我们以后再拍好看的,我陪你拍,拍很多,我们去影楼让专业的摄影师拍!"

江月试图把那些"死鱼脸"的照片挡住。剪年阻止了他,淡声问:"你看我是从什么时候开始不笑的?"

人会笑,是因为当时开心或是心里感到幸福。

剪年自从偶遇时光以后就不爱笑了,她发现自己对"幸福"的定义太过狭隘,她把幸福寄托在江月的身上,可他并不是一个合适的寄托对象,所以她其实不幸福。

"人是会累的,心也是。"剪年缓声道,"其实我……早就爱不动了。"

她转脸看向窗外,碧空如洗,蓝天白云,一个大好的晴天。

"我一直舍不得的,可能不是你,而是我已经付出的时间和情感。"

谈恋爱是有成本的,当这个成本过高的时候,人会害怕去开启下一段感情,因为她再也没有不计成本地去爱一个人的勇气了。

十几年了,就算是养条狗,都会想要为它养老送终。时间太久了,她已经无法想象没有江月的生活,但梦境让她看到了另一种可能:原来离了谁,都一样地活。

江月发现,自从剪年醒了以后,他看得最多的,是她的背影。

他甚至看得出来,如果她不是行动受限,可能他连她的背影都看不到,她一定会第一时间离开,悄无声息的。

敲门声打破了两人之间的沉默。

江月一下来了精神，激动地说："年年，你见了她就知道我没有骗你了！"

剪年转脸看见他飞也似的跑去开门，然后传来一个女生的声音："哇哦——不用这么热情吧。"

声音有些熟悉，又有点陌生。

剪年等了片刻，看到安雨濛从玄关走进来。

她的声音不似剪年记忆中的清甜，而是有些沙哑的烟嗓。

安雨濛和剪年的视线对上了，有些不自在地捋了一下长发。

江月发现，剪年平静得超乎想象。之前，她因为安雨濛发两人的合照向她秀恩爱而打掉孩子，这次醒来一直问孩子的事，说明她至今仍未释怀，但她看安雨濛的眼神，竟没有半分恨意，甚至连怒气都没有。

剪年静静地坐在原地，眼见两人走近，平静得像已经熄灭的火堆，再迸发不出半点火星。

"剪年……"安雨濛的笑容有些尴尬，但是来都来了，她就想解决问题。

她郑重地跟剪年说："其实江月跟我什么事都没有，他只当我是妹妹，还让我不要再执着于此了，要寻找自己的幸福。"

剪年跟梦里的安雨濛都和解了，甚至两人的关系还很不错，她其实是挺好一女孩儿，只因偏执和求不得，才会在梦里梦外都跟剪年过不去。

"给你发照片只是想气你，我不知道你怀孕了，真的不是故意的。"安雨濛歉意地说，"对不起，我知道道歉也于事无补，但好在你和江月都还年轻，再要孩子也没问题的。"

剪年一句话都不接，安雨濛求助般地看了江月一眼。江月之前一直不想提这件事，此时不得不把一切和盘托出。

去年夏天，安雨濛的朋友说有家夜店的乐队主唱长得非常妖孽，完全就是她的菜。

她好奇，于是呼朋引伴地去了，然后看到多年未见的江月登台唱歌。

他长高了些，看着越发瘦了，舞台妆让他看起来妖娆极了，眼波流转之间，十分魅惑。

朋友们看到江月就沸腾了，纷纷起哄：

"简直就是安安喜欢的类型啊！"

"等表演结束，约他！"

"安安，把他拿下！"

江月表演结束走下台，被早就等在台下的几个女生团团围住，连拉带拽地拖进了包房。

大家嬉闹着说："安安，我们把大帅哥请来了！"

安安？

江月一眼看到一个长发女生跷着大长腿在抽烟。

两人视线对上的时候，安雨濛吐出一个烟圈，说："江月，好久不见。"

朋友们愣了，问："认识？"

岂止是认识。

只是，江月已经不是她记忆中那个干净又漂亮的少年了，那个她交付了少女时代全部纯真情感的少年。

那个少年，是带露珠的青草，在和阳光相遇以后，会散发出清新的芬芳，而不是在暗夜中盛开的野玫瑰。

江月看到了熟人，这才坐下，他对安雨濛一笑，如春风化雨，让她有了那么一丝丝熟悉的感觉。

朋友们见安雨濛坐得远远的,一副兴趣缺缺的样子,以为她对江月没兴趣。可她们有兴趣啊,于是纷纷围着他坐,热情地攀谈起来。

江月是夜店咖,社交和桌游都是拿手活儿。他和女生玩游戏赌酒,轻松地逗得她们开开心心。

出来玩就要放得开,女生们主动提出玩点刺激的,再输就不只是喝酒,还得脱一件衣服,不过是所有女生一队,江月一个人一队。

虽然她们人均身上不足两件衣裳,但胜在人多。江月全身上下算上鞋袜也不过五样东西,努努力还是能让他脱光光的,那多精彩啊。

江月赢多输少,几个女生只剩内衣的时候,他也半裸了。

白皙的皮肤薄得连血管的颜色都遮不住,骨头的形状都看得一清二楚。

他身材精瘦修长,腰身尤其纤细。

有个女生趁其不备,从他背后抱住了他的腰说:"哎呀,好晕,醉了……"

安雨濛遥遥看着江月在女人堆里玩得如鱼得水,想起以前他在女生圈中也是这样的受欢迎,郁闷地摁灭了半包烟。

不管见或不见,他都没变,还是很有魅力,或者说,他这辈子就是可以靠脸吃饭。

安雨濛那么傲一个人,倒追他已是一件破天荒的事,何况还失败了,简直就是奇耻大辱。

但她也不齿剪年那样的手段,剪年对江月那叫一个百依百顺,喊往东便不向西。

剪年靠肉体得到江月,对此她很是不屑,认为他俩注定无法长久。

她就等着看剪年什么时候被抛弃，结果这么多年过去了，听说两人还在一起，真是个奇迹。

别的女生见已经有人先下手了，当即也伸手攀上江月的肩膀。

江月被人勾住脖子捧起脸，眼看就要被亲了。

安雨濛一把推开想强吻江月的女生，下手有点重，那女生一下滚到沙发下面，摔得挺疼。

大家皆是一愣。

安雨濛说："你们说他是我的菜，结果倒好，一点不客气地要先吃？"

摔倒的女生起身坐在地上，揉着头说："看你没兴趣我们才上的嘛，你要的话我们当然不抢。"

安雨濛顺势坐在江月旁边，朋友们秒懂，纷纷找到自己的衣服穿上说："那我们先撤了，你吃得开心！"

江月看局散了，便也穿好衣服，柔声问："什么时候开始抽烟的？"

安雨濛把玩着烟盒，拿出一支点燃："抽着玩。"

细细的白色烟卷，有淡淡的香味。

江月撑着脸，望着她缓缓地吞云吐雾。

他和安雨濛之间，向来都不是他负责挑起话题，她总是黏着他、望着他，他只要静静地等待，她便会自投罗网。

安雨濛烦闷地将烟摁灭了，说："你还跟剪年在一起？"

江月爽快地承认了："在啊。"

安雨濛不理解："那你还玩这么狠？"

"我一直都这样。"江月不仅浑不在意，甚至还有点小骄傲，"她知道我这样还和我在一起，这才是真爱。"

安雨濛讽刺他:"没看出来啊。"

两人沉默了一阵,江月问:"要我送你吗?如果不用的话,我就要去找朋友了。"

安雨濛一把拽住了他的胳膊说:"我们去旅行吧。"

江月惊讶地望着她,她马上开出条件:"你陪我一周,我给你十万。"

谈钱?

十万,那可真不少。

如果有了十万,江月想带剪年去旅行。她那么喜欢旅行,却只能看游记,想象那些建筑和风景。

快到他们相识十五周年的纪念日了,要是陪她去一个美丽的地方玩一圈,应该会是最好的礼物。

乐队有时候会去外地演出,江月跟剪年说要离开几天,她都没多想,还为他收拾好了行李,临别提醒他:"出门在外不要玩得太疯了,饭要好好吃,看你瘦得,风一吹就要倒了。"

旅行是一件很惬意的事,和有钱人一起旅行更是如此。

安雨濛无疑是个懂得享乐的有钱人,她带江月去海边,因为觉得他需要阳光。

江月戴着墨镜,只穿泳裤,行走在艳阳下,看起来就是个清瘦的十几岁少年。

那个一直藏在她心底的人,就这样拨开时间,又走到了她的眼前。

安雨濛躺在遮阳伞下,目光追随着那个在沙滩上慢慢踱步的人。他们相距不到十米,她却觉得,他很遥远。

她有时候会挽着江月的胳膊，一起散步，他也会帮她处理不好剥的海鲜。

在陌生人看来，他们就是一对情侣吧。

回到房间，安雨濛洗完澡出来说："你也去洗个澡。"

这句话，是一个暗示，暗示着该做某件事了。

江月洗完澡出来，抬眼看到安雨濛坐在床上望着他。

他也不装傻，直接走过去挨着她坐下。

两个人都不说话，安雨濛的内心翻涌不休。

她以前最看不上剪年爬江月床的行为，内心深处对性产生了抗拒心理。

虽然她跟很多小帅哥交往过，但都不会与他们发生关系。在她看来，那些因为钱跟她在一起的男生，也会因为钱跟别人在一起，不知道有多脏。

明明她没经验，却要装作什么都懂的样子，很难。

江月身上只有一条沙滩裤，一秒钟就能变全裸——是完全听懂了她的暗示并且全力配合的样子。

安雨濛半晌没有动作，江月便双手往后撑住后仰的身体，更多地将身体暴露于她眼前。

机会给到她了，她却只敢揪着他的沙滩裤，既不敢脱掉，也不敢直接把手伸进去，把江月都给惹笑了。

安雨濛恼羞成怒地质问："你笑什么？"

"对不起，我不是故意的。"金主发火了，江月马上摆正态度，止住笑说，"我只是忽然想起一件事。安安，这么多年过去了，你还喜欢我？"

安雨濛嘴硬地说:"花钱买你陪我而已,哪儿来的喜不喜欢!"

江月脱掉鞋子,盘腿坐在床上,望着她说:"我也觉得,我们之间早就不剩什么喜不喜欢了。"

安雨濛没经验,江月又不主动,她本来就不知道该怎么继续下去,他又突然说这种话,搞得她什么旖旎的心思都没有了。

她靠在床头,气愤地说:"你是不是男人啊?这种事还要我主动?"

江月抬眼看着她问:"这就是你要我陪你的目的?"

安雨濛恨恨地说:"不然呢?男人和女人单独出来不是为了上床是为了什么?谈理想吗?"

江月轻笑着说:"是因为不甘心吧?我是你没有得到的人,你现在还想要我吗?就算是这样的我,也不嫌弃吗?"

安雨濛的心脏像被人打了一拳,那痛来自很深邃的地方。

她怎么会无所谓,她喜欢的那个少年,是立于人群之中会闪闪发光的存在,而不是常驻在暗无天日的夜店里苍白得像吸血鬼的人。

江月见她陷入了沉思,缓缓地说:"安安,见到你以后,我想起很多往事。想起我们几个人玩在一起的日子,那时候就算觉得学校很烦,老师很烦,但是因为你们都在,我就愿意每天去上学。那时候,你对我很重要。"

安雨濛闻言,彻底愣住了。

就算江月是骗她的也没关系,能听到他说这句话,她还是好开心。因为那时候,他对她也很重要,全世界最重要。

"我们从小就认识,你是团体里唯一的女孩子,娇生惯养又任性,可我就喜欢有个性的女孩子,柔顺的女生太无趣,所以我纵容你的个性。

对你好是因为你可爱，我想宠着你、哄着你，陪着你长大，可是那种感情，是哥哥对妹妹的感情。"

安雨濛激动地说："你明明就喜欢我，还说什么哥哥妹妹。如果不是剪年横插一脚，不是她爬上你的床，你不会选她不选我！"

江月闻言就笑了起来，他的小妹妹，过了这么多年，还是一如既往的单纯："安安，我见过各种各样的女人，比她身材好的、比她漂亮的、比她有钱的、比她热情的……不出三天就都忘记了，我记不住她们。只有年年的脸，在我心里是清晰的。"

安雨濛不屑地说："你们天天在一起，当然记得住她。"

江月说："不一样，我和年年认识都快十五年了，直到现在，我抱着她，依旧会心跳加速，每天都像是在恋爱一样。"

安雨濛不想听他说剪年的事，维系他们关系的是恋爱也好，性爱也罢，她都不想知道。

她蛮横地说："你就说你行不行吧，别找那么多借口。"

江月从来不屑于证明自己行不行，他只是笑得很美好地说："安安，和你出来是因为我需要钱。我从一开始就没想和你做什么。你是我很重要的朋友，我不能接受你对我的心意，却也不想糟蹋它。我不是什么好人，但也绝对不会辜负朋友。"

安雨濛拿起一个枕头疯狂地打他，边打边说："你早就烂透了，还装什么。你跟我都在一张床上了还不碰我，你不是废物是什么？你跟我讲的那些屁话谁信啊？男人和女人怎么可能有纯友谊，你就不能编个像样的谎话吗？"

江月一直没躲，任由她打，然后听着她的声音不对劲，抬眼一看，她在哭。

他将她搂进怀里,她彻底失了力气,软软地靠在他怀中,抱着枕头哭得更厉害了。

江月清清浅浅的声音在她头顶响起:"安安,不要再执着了,你这么漂亮,会有很多很多男生愿意把你当成他的唯一。"

后来的几天,江月尽职尽责地做陪游的工作。

只是在旅行的第一天,安雨濛就把海滩上的合照传给剪年了。

剪年没有告诉江月怀孕的事,是想在十五周年纪念日的时候给他一个惊喜,结果却是自己先等来了惊吓。

安雨濛是剪年的心魔,一个处处都比她强的有钱小公主。就算当年得到江月的人是自己,她也没有胜利的感觉,而是一直很担心,安雨濛何时会卷土重来,抢走江月。

现在噩梦成真,剪年以为江月终究没能抵挡住金钱和美女的诱惑,选了能给他更优质生活的有钱大小姐。

江月不知道安雨濛发了照片给剪年,等他回到家一切都无法挽回了。

现在话都说清楚了,江月坐等一个迟来的原谅。

剪年听完一脸漠然,毫无情绪地问:"你们想要我说什么?"

两人面面相觑,本来安雨濛这辈子都不可能向剪年低头,之所以愿意登门道歉:一是因为剪年行动不便,她是健康的,将就一下病人也无妨;二是因为孩子着实无辜,虽然她没有要伤害孩子的意思,但这结果多少跟她有些关系。

安雨濛从未这般迁就过谁,对剪年可以说是姿态低到了极致,可剪年还是一副油盐不进的鬼样子。

她俩也认识很多年了,安雨濛以前都不知道,剪年是这么难沟通的性格，给她台阶都不下。

剪年意兴阑珊，仿佛江月费了半天口舌解释的事情都跟她无关似的，仿佛那些过往着实无聊，她都想不起来当时自己为何会那样生气，气到不理智地以自残的方式来报复背着她偷情的男人，现在想来，就是太傻。

"如果你今天来的目的是为了减轻自己的罪恶感，那我可以告诉你，我原谅你了。"剪年低声缓缓地说，"就算我没有打掉孩子，也会在车祸中失去他，所以那个孩子注定不会来到这世上，你只是让时间提前了。"

剪年垂眸望着自己的手，手上空空如也，她连自己的命运都掌握不了，哪有资格做母亲，去教孩子如何走他的人生路。

她慢慢地握紧拳头，淡声道："生存这么难，活着这么苦，何必让他来这世上遭罪，所以，你们做的是对的，他本不该来这世上。"

- 番外二 -
可知江月待年年

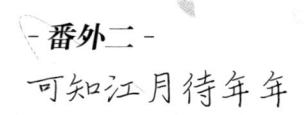

安雨濛整个人都不好了，剪年若是骂她一顿，她心里还能好受一点，剪年说他们做的是对的，这比直接甩她耳光还让她难受。

她听得出来，剪年没有说反话，但是这比反话和讽刺还要更扎心。她现在被名为"愧疚"的箭万箭穿心，羞愧得要命。

安雨濛本以为，剪年得知了她和江月之间是清白的就不会再生气了，现在她却希望，剪年若是生气就好了。

会生气，说明她还爱江月，自己添的那点乱子影响不了他们的感情，可现实情况却是，她好像成了压死骆驼的最后一根稻草，剪年的火，熄灭了。

安雨濛记忆中的剪年是个勇敢无畏的开朗少女，眼前的剪年一脸厌世的模样，冷得像凉透了的灰烬。

她嘴里说出来的"原谅"二字，完全就是"将死之人其言也善"的感觉。

安雨濛思及此，背脊发凉，不安地站起身。

江月以为安雨濛要走，送她到玄关处。她指了指自己的太阳穴，小声地说："她不是头部受伤吗？医生说她脑子有没有问题？有什么后遗症吗？"

"没有啊。"江月摇头，"大脑检查一切正常，只是肌肉无力需要时间恢复。"

"可我觉得她精神不太正常……"安雨濛担心地说，"我不是骂人啊，就感觉她不是我认识的那个剪年。"

江月能理解："经历过生死这种大事的人，性情大变也很正常。"

"是吗？"安雨濛没有经历过生死，是真的不懂这种变化，她无奈地说，"不好意思，我好像帮不上你的忙。她现在这样，你肯定会很辛苦，以后有什么我能帮你的地方尽管说，大家都是朋友，千万不要跟我客气。"

说到此处，她忽然想起一事，打开自己的小挎包，拿出一个很厚的红包说："这是给剪年的，祝她早日康复。"

江月婉拒了。

"你俩都是大伤初愈，需要好好补充营养。我今天是专门来探病的，这是我的一点心意。"安雨濛说着就把红包硬塞进了江月手里，"我知道你想好好赚钱养她，但也不要太拼命了，身体重要。你要是把自己累垮了，她怎么办？"

江月确实很需要钱，盛情难却，他便收了。

安雨濛走了以后，家里又恢复了宁静。

剪年喜欢静，江月就尽量不弄出声音吵到她。她时而看书，时而做些复健，走走停停，活动只局限在这屋子里。

一日三餐，要么江月亲自下厨，要么他出门买好吃的送到剪年手上。而且每餐他都会陪着她吃完，她的手刚恢复不久，有时候吃到一半就会突然使不上劲，他会喂她吃。

剪年除了不爱搭理他，还算好相处，凡是和活着有关的事，她都很配合，就是不能提感情的事，一提就碰钉子。

江月不急，感情是可以慢慢培养的，当年剪年可以对他穷追不舍，他也可以对她不离不弃。

吃过晚饭以后，江月要出门去表演。

剪年闻言惊讶地说："你昨晚到今天睡了有三个小时吗？晚上有工作，白天怎么不补觉？"

他大清早就起来陪她翻看旧照片，照顾她饮食所需，忙了一天到了该休息的时候，他又要去工作了。

他这样的作息，剪年怕他会猝死。

"我没事，年年，能陪着你，我很高兴。"江月无所谓地说，"年轻人嘛，两三天不睡觉都没问题的。"

剪年习惯性地想要念叨他，话到嘴边突然刹住了车。

她心中的火苗忽闪了一瞬，又熄灭了，态度冷漠地说："你就作吧。"

江月忽然很想念她的唠叨，滔滔不绝的，很有生命力的，每句话都是责怪，代表的却都是对他的关心。

如今她不再念叨了，他反倒是从善如流，还会主动关心她："我一收工就马上回来补觉。你看书也不要看得太晚，费眼睛。"

江月走后家里彻底安静了，剪年却睡不着。

往事不断往她脑子里钻，她不想要，不想把跟江月的过往记得那么清楚，她就是想要忘了，都忘掉，但大脑不允许她忘记。

有人说，越是想忘记的，偏偏会记得越清楚。因为每一次试探自己是否忘记了，都会再次想起，让记忆更加深刻。

剪年深深叹了口气，大脑是她的，好像又不完全是她的。

江月到家看见卧室没亮灯，以为剪年睡了。他轻手轻脚地透过门缝往里查看，正好听见她在叹气，他温柔地说："还没睡啊？"

"几点了？"剪年有些惊讶，她是纠结了多久，江月都结束工作了。

"起来吃烧烤。"江月伸手把灯打开了，"我答应了你早点回来，连消夜都没在外面吃，打包带回来的，一起吃。"

他说着就走到了床边，要扶她下床。

剪年左右睡不着，干脆起身。

烧烤是有魔力的，任何时候都会想要吃一点。

她抓住拐杖站起身，回头看到江月站在床的另一边，想要扶她的手还没有收回去。

"我可以自己走。"她边走边说，"你不用总想着要照顾我，我早晚是要恢复健康的。"

江月说："即便你身体恢复健康了，也不妨碍我为你做个绅士啊。"

剪年的脚步顿了一瞬，她想提醒江月，他们之间已经结束了，没有爱情，只有回忆。他不可能看不清现实，那又何必装傻？

话到嘴边，她咽了下去。

话说一遍就够了，说多了，显得她说话没有分量。

剪年慢慢吃着烤串，她也不是饿，就是无聊，总得有事情打发时间。

江月主动讲起演出时候发生的事："今天有首歌演出到一半电子琴突然没声音了，键盘手临场表演了一段 B-box 救场。

"我最近写的新歌大家都说好听，再排练几次就可以表演了。

"最近来酒吧听我们乐队唱歌的人多了一些，酒吧老板给我发了个红包。"

他说到此处就从兜里掏出钱来,放在剪年手边说:"今天的演出费和红包。"

剪年全程都没说话,她在观察,原来在感情里主动的那个人是这样的状态,主动找话题、主动讨好,以前都是她在做的事,现在是江月在做。

她才知道,原来这些事,江月也会,只是以前他不需要讨好她罢了。

思及此,剪年哼笑了一声,突然没了胃口,不想吃了。

江月见她还是不收钱,甚至要走,一着急,一把摁住了她的手说:"年年,我知道以前我对你不够好,但我真的在改。你要是觉得我哪里做得不够好就说,不要不理我,你可以教我啊……"

剪年推开他的手,淡漠地说:"保持距离。"

以前教他是因为心怀希望,两人想要在一起一辈子那么久,肯定是要为对方做出改变的,现在,她以后又不跟他在一起,他变成什么样,都跟她无关。

江月这半年付出最多精力的事情有两件:一件是每天去医院看剪年,一件是努力创作歌曲,好好唱歌赚钱。

幸运的是,两件事都有了好的结果,剪年醒了,乐队的粉丝稳定增长,网上多了很多江月表演的视频。

主唱那么帅气,声音还有磁性,又有创作才华,歌词很有意义,方方面面都是话题,江月的乐队正在慢慢出圈。

时光刷到视频的时候,一眼认出江月来,没想到会以这种方式看到失联多年的老友。

他慕名到江月表演的酒吧里看演出，两人看到彼此的时候，只相对无言了一瞬，然后就很自然地拥抱在一起，久别重逢的喜悦盖过了其他任何情感。

两人叙旧，时光才知道他和剪年半年前一起出了车祸，剪年刚从昏迷中醒来。

时光很是担心，想去探病。

江月记得剪年很想见时光，醒来后多次问他时光在哪里，想来见到时光的话，她应该会开心一点吧？

他不是不知道，剪年醒来以后就没有真正地开心过，他很想做些能让她高兴的事。

第二天吃早餐的时候，江月跟剪年说："晚点有个老朋友要来探病。"

"谁？"

江月想给她一个惊喜，说："待会儿你就知道了。"

剪年平静地喝着粥，她早就没有老朋友了，不可能时隔半年后凭空冒出来。

她猜是江月乐队的朋友要来玩，对此，她并不期待，甚至不想见。

江月正在给剪年做肌肉放松，听见有敲门声，他高兴得跳起来，飞快地跑去开门。

剪年慢慢起身，更笃定了来的人是乐队成员，他就喜欢跟他们混在一起。

江月开门，吓了一跳："你这大包小包的，太夸张了！"

剪年闻声，停住回房间的脚步，好奇地看了一眼。她心道：乐队的人什么时候这么懂事了，上门做客还知道带礼物？以前都是空手而来，白吃白拿，厚颜无耻的作风……

"这也太多了，你怎么拿上来的？"江月接过来一些，时光才得以侧身进门。

"司机帮我送进电梯的。"

剪年听见熟悉的声音，心头一凛，目不转睛地望着门口的方向，然后就见时光拎着大大小小的盒子出现了。

看到剪年的瞬间，时光双眼放光，几步跑到她面前，东西往茶几上一放，仔仔细细地打量她。

先是担心，后转为欣喜，再看向她的时候，他放心地一笑，说："人没事就好。"

剪年知道他说的"人没事"是什么意思，没有缺胳膊少腿，没有毁容，没有变成痴呆……捡回了一条命，总是好的。

她望着时光，心乱如麻，无法言语。

时光扶着她坐下，把茶几上的礼盒一样样地向她介绍："这是冬虫夏草、人参、天麻、鹿茸、当归、西洋参、燕窝、大枣……反正都是补品，你尽管吃，改天我再送些来。"

江月看着被堆满的茶几说："补药吃多了上火，可以吃这么多吗？"

时光指着每个礼盒上贴的标签说："按说明书上的用量用法服用，没事的，吃！"

剪年有些恍惚，梦里的那些熟悉的小伙伴，又出现了。

先是安雨濛，现在是时光。

他们在她眼前活蹦乱跳，让她更加怀念梦里的日子了。

虽然在梦里也不是一帆风顺，甚至多有磨难，但她已经咬牙闯出了一片天，反观现在，一把年纪，一事无成，身体还不好……

果然现实生活才是最残忍的编剧，怎么惨怎么写。

江月见剪年只是发呆，全无高兴的神色，笑着说："你不是一直想见时光吗？现在见到了，开心一点啊。"

就算能让剪年开心的人不是自己也没关系，他就想看她高兴的样子，她不能再消沉下去了，她得振作起来，日子还很长，他们还要一起走向未来。

"你想见我？"时光才知道有这回事，积极地问，"找我有事？你说，但凡我能做到，绝不推辞！"

时光很好，不管是梦里还是梦外，对她都很好。

剪年还没有开口，已经先红了眼眶，她问："时光，你的卧室是什么颜色？"

时光不明所以，但还是答了："粉黄。我妈选的，她喜欢各种黄，鹅黄、蛋黄、奶黄……你问这个是……想去我家玩？随时欢迎啊！"

不是剪年喜欢的淡紫色，也不是他喜欢的浅绿色，而是他妈妈喜欢的粉黄色。

剪年的眼泪一下就不受控制地涌出，从脸颊滑落。

时光不知道他的卧室颜色怎么会惹得她哭，他想安慰她，又实在无从说起。

剪年这几天在家里翻找了一遍，没有找到那个坏掉的音乐盒，原来她的音乐盒不是坏了，是根本就不存在。

江月本以为，时光是能让剪年开心的人，结果他出现不到十分钟，惹她哭得那么惨。

时光歉意得要命，悄悄地问江月："我说错话了？"

江月拍着他的肩膀说:"你没有错,谢谢你来看她,但她现在的情况就是这样,情绪很不稳定,你别往心里去。"

时光担心地看着茫然落泪的剪年,问:"要不要去看看心理医生?有时候,身体好了,心却在生病……"

江月也觉得有这个必要,剪年醒来以后就是心事重重的样子。人心里装太多事,真的是会被憋坏的,她不愿意跟自己说,若是愿意告诉医生,也能让她轻松一些吧。

"年年这个情况,后续的治疗必不可少……"时光说着就从兜里拿出早就准备好的信封,塞进江月的手里说,"就医花销很大的,你拿着用。"

江月正要推辞,时光已经握住他的双手说:"以前我在你家白吃白住都没有跟你客气过,你也不要跟我客气,做兄弟就是要有来有往。"

以前,剪年特别反对江月跟吉良在一起瞎混,但他不觉得那是瞎混。

吉良了解江月的喜好,欣赏他的才华,带他组乐队,让他每天都很开心,代价无非就是花了点钱,但他自己也有享受到,那钱就花得值了。

现在,江月拿着时光给的沉甸甸的信封,想起前几日安雨濛给的大红包。同样是朋友,跟吉良在一起的时候,他花钱如流水,这些老朋友却一个个都往他手上送钱,不仅不花他的钱,还怕他钱不够花。

江月终于懂剪年不喜欢吉良的原因,有些朋友只想从他这里索取好处,有些朋友却想为他付出。

"年年……"江月半跪在剪年面前,用湿巾为她擦眼泪,柔声地问,"为什么这么伤心?"

剪年的眼中已经没有光芒了,她看不清眼前人,眼前只是雾蒙蒙的一片，就像她未卜的前程。

"你想我死心，"她一张口说话，抽泣的声音就泄了出来，她哭着说，"我让你如愿。"

"什么愿？"江月没听懂，追问道，"你到底怎么了？"

"不重要了。"剪年拄着拐杖起身，现在她只想一个人待着，不想再看到他。

江月望着她的背影，虽然在哭的人是她，可他的心在滴血。

不管他做什么都没用，她都不开心，还变得更难过了。

"什么重要？"江月忽然大声问她，"年年，你告诉我什么对你重要？有没有什么人、什么事，能让你开心？你说，我为你做到！"

剪年踉跄了一下，握着拐杖的手紧了紧，头也不回地进了卧室，用一扇门将两人彻底隔断。

刚关上门，她就再也支撑不住，捂着阵阵刺痛的心脏，滑坐在地上。

江月说了和梦里一模一样的话。

为什么会这样？

高考结束以后，有近三个月的假期，因为一直很期待，所以大家早就计划好了这个长假要去哪些地方玩。

结果，事与愿违，那是大家长那么大，过得最伤心的一个暑假。

江月妈妈已经病了很久，为了不让江月分心，她硬撑着一点都没让他察觉。

高中生一周才回家休息半天，被学习虐得体无完肤的江月，回家不是补觉就是玩游戏放松一下。

他在家的时间少，注意力都在学习上。等到高考结束，江月搬回家住，妈妈却住进了医院。

江月的妈妈很年轻，大家都没有多想，小伙伴们还高高兴兴地组团去探病了。

剪年更是每天都去医院里陪着江月一起照顾阿姨。

江月妈妈很欣慰，儿子有那么多好朋友，以后也不至于太寂寞。

本以为阿姨住院治疗，很快就会好起来，结果出院后不久又再次入院。

剪年和江月都很担心，问医生又问不出来，说是患者本人交代，她的病情不能跟她以外的人沟通，包括她的儿子。

江月直接问妈妈，她说自己是胃疼，在考虑要不要做手术。

漂亮又精致的江月妈妈，出出进进医院一个多月以后，肉眼可见地憔悴了下去。

一开始她还能自己坐着，一日三餐都吃，还能跟大家聊天，渐渐地她起身的时间越来越少，几乎都躺着，胃口也越来越小，后来就连说话都少了。

有一天，她虚弱得连抬手都困难，脸色也很难看。江月在她床边紧张得坐立难安，一看见她的眼睛闭上，就害怕地试探她的鼻息，看她是否还在呼吸。

剪年也在场，她第一次切身地感受到当生命以肉眼可见的速度流逝的时候，人力有限、医疗有限、无力回天这些词到底说的是多么残忍的事。

江月妈妈临终之际抓住剪年的手，虚弱地说："年年，江月就交给你了，替我……好好照顾他，不要让他孤单。"

虽然剪年当时未满十八岁，但她那么喜欢江月，喜欢到每天都陪着他在医院里照顾阿姨，几乎所有的活儿都是她干的，她私心里是一直用儿媳妇伺候婆婆的态度在对江月的妈妈。

江月妈妈看在眼里，很是感动。

虽然安雨濛也喜欢江月，家庭条件比剪年好得多，但是她走了以后，儿子孤单一个人在这世界上，能有一个爱他的人相伴左右，知冷知热，始终好过儿子以后天天哄有钱人家的任性小公主，所以剪年是更为适合的人选。

剪年当然是满口答应，甚至还有了底气，从此以后，她和江月就是被他妈妈认可的关系了，他们之间的羁绊，更加深了。

那年夏天，七人小分队尚不清楚什么是生，就被死亡的阴影笼罩了。

江月没见过爸爸，生命里最重要的人就是妈妈，现在她走了，天地浩大，仅剩他一人踽踽独行。

还好有剪年的陪伴，让他感到这个世界尚有温度，他的感情尚有寄托。

江月和剪年从此就不只是朋友、恋人，他们还成了家人。

在江月的记忆中，剪年答应了妈妈要陪伴他，就要说到做到，不能半途而废。

剪年却说她没有答应，是因为在梦里这件事也发生了。

她知道江月的妈妈会在大家高考后去世，也知道除了自己无人能陪他走出丧母之痛，所以就算是出于朋友的情谊，她也得在医院里陪着江月，守着阿姨，尽可能让阿姨走得安心。

江月妈妈一直知道江月喜欢剪年，喜欢了很多年，她也知道剪年和时光的关系很好，比跟她儿子走得更近。

人是自私的，在生命的最后时刻，她想为儿子再做点事。

她抓住剪年的手，说出把江月托付给她的话。

剪年知道这是情感绑架，必不可能在这种时刻拒绝她。

剪年都惊呆了，若她和江月两情相悦，阿姨临终之言合情合理，可这一次，阿姨明明知道她和江月只是普通朋友，怎么还是把江月托付给她了呢？

脑子里乱成一锅粥，对上阿姨即将失去光芒的双眼，近乎祈求的神情，剪年根本说不出拒绝的话，她唯一的选择就是让阿姨走得安详："阿姨，您放心，我会好好照顾江月，不会让他孤单的。"

江月妈妈是个温柔的好人，剪年只是不想让阿姨带着遗憾离世才会一口答应下来。

她以为江月能理解，这只是权宜之计，却不知道他竟然当了真。

葬礼结束以后，小伙伴们自发地轮流陪着江月，为阿姨守夜。

他们都只是半大孩子，被深深的悲伤笼罩着，心情压抑。

暑假还长，大家却没了出去游玩的心思，只轮番陪着江月，不敢留他一个人，怕他难过的时候无人知晓。

那天轮到剪年陪江月，她到的时候，他已经喝醉了。

今天江月成年，在妈妈离开以后，他的生日只会让他更想她。

他想，他以后可能都没有办法过生日了，因为孩子的生日是妈妈的受难日，高兴和庆祝显得很不合时宜。

剪年理解他内心的苦闷，所以没有教训他过度饮酒是不对的。

江月的脸绯红，剪年不知道他是喝到上脸还是发烧了。

她用手背贴在他的额头上，正在感知他的体温是否正常，就被他一把握住了手腕。

剪年吓了一跳，还没来得及反应，江月已经把脸贴近她的手心，嘴里喃喃自语:"年年……"

她想把手抽回,却被他抓得更紧,他将她的手放在自己的唇上,不知道是在说话还是在亲吻她的手心。

"放手!"

剪年上手推江月,他一转脸,眸子闪耀如星,定定地望着她说:"妈妈让我们好好在一起,你答应了的。"

因为江月一直沉浸在巨大的悲伤里,所以那件事剪年一直没有找到机会跟他说,现在他主动提起来,她正好趁机跟他说清楚:"那种情况下我只能答应,我总不能让阿姨走得不安心吧?但你应该知道,那只是权宜之计……"

"我不管,你答应了就得做到!"江月打断她,毫不讲理地说,"你没有机会反悔了,因为你不可能再拒绝她……"

剪年体谅他喝醉了,说胡话,也理解他刚刚失去母亲,情感无人可依,此时对爱的渴望更加强烈。

跟喝醉了的人没有道理可讲,剪年只当江月喝多了口出狂言。

她想把他拽到床上去睡,不要再发酒疯了。

江月死死抓着她的胳膊,不配合起身。

他从下方仰望她,凄楚地问:"年年,我哪里不如时光?为什么你不能给我一次机会?"

剪年累了,身和心都很累。

她弄了半天都弄不动这个醉鬼,并不想跟他纠缠,她说:"那些都不重要,你该休息了。"

向来温文尔雅的江月突然间歇斯底里起来:"什么重要?年年,告诉我什么才重要?"

剪年都要累瘫了,他重不重要先不谈,"重"是肯定的。

江月等不到她的回答,都已经习惯了。

只要谈到感情问题,她都是回避的态度,今天也一样,所以他至今仍不知道,剪年到底不满意他哪里。

那么多人喜欢他,怎么就不能多她一个?

然而喜欢就是喜欢了,他也不求回报。

江月紧紧抓着剪年的手腕,无奈又坚定地说:"可你对我很重要,我想你知道。"

所幸江月闹够以后就安静地睡着了,时光赶到的时候,他正靠着沙发,以一个扭曲的姿势睡着。

剪年终于等到了救星,一脸崇拜地看着时光轻松地把江月抱起,送到床上,让他以一个舒服的姿势接着睡。

时光让剪年回家休息,剩下的时间他来守。

半夜,时光被江月一个膝击撞到后背,他醒来,起身查看江月的情况。

结果就听见他在咕咕哝哝,只是听不清在说什么。

时光见他没醒,正要躺下去继续睡,就听他忽然激动起来,声音也清晰了,他说:"没想到,我有一天会这么恨你,最好的朋友,也是最可恨的人……"

时光都听蒙了,凑过去看,发现江月闭着双眼,蹙着眉头,近乎祈求地说:"年年,不要丢下我。"

江月做了一晚上的噩梦,第二天醒来感觉累到不行,头就像是被谁用大锤砸过一样,痛得要命。

脑海里好多画面在翻滚,记忆逐渐回归,江月想起,昨晚他跟剪年表白了,还说了他恨时光的话。

虽然他确实是喝醉了,但也没有办法把责任推给酒精。毕竟,酒精只是撬开了他的嘴,那些话,是他心中所想。

江月听见脚步声,一脸欣喜地转脸去看:还好剪年昨晚没有回答他,他要清醒地听她的答案。

"你醒了。"时光指了指外间说,"早餐我放在桌上了,趁热吃。"

"时光?"江月惊讶且无地自容,下意识地问,"昨晚是谁照顾我?"

"我啊。"时光弯腰拿起自己的外套穿上说,"我陪你睡的。"

江月瞳孔地震,甚至感到想吐,他抱着最后一丝希望问:"你有听见我说什么……不礼貌的话吗?"

"你说梦话好大声。"时光轻描淡写地说,"我是不是在梦里欺负你了?你一直说恨我。"

江月瞬间无力,自己表白的对象不是剪年也就算了,还当着时光的面说恨他的话。

虽然时光大度不介意,一切还像从前一样,可他明明记得已经跟剪年表白了,醒来发现"一如从前",对他何其残忍。

时光越是磊落包容,就越衬得他像个跳梁小丑,明知道剪年和时光两情相悦,他还是仗着妈妈的遗言对剪年进行情感绑架。

他这么做,既对不起从小一起长大的好朋友,也是在为难喜欢的女生,于友情于爱情,他都做得不好。

大学开学以后,江月一去不回,和大家断了联系。他孑孑独行,像个苦行僧一样,强迫自己习惯孤独这件小事,生活已是如此,他不得不去适应。

四年后再次联系,剪年已经和时光订婚了。

剪年努力想要区分开梦境和现实，结果江月却说出了她在梦里听到过的话。

她也想要说服自己，那一切都只是梦，她不曾改变命运，也不曾和时光相爱……

无论梦境是真是假，心痛都是真的。

江月知道剪年不想见他，但他真的很担心，于是站在门外轻声问："年年，你还好吗？"

"我不知道……我以为你想见时光。"他解释道，"昨天他去看我表演，说想来探望，我就同意了。你不想见他的话，以后不见就是了，你不要难过嘛。"

他在门口站了许久，听不见一点响动，也不敢贸然开门。

后来到了吃饭时间，他又叫了几次，她都没有应声。

晚上他给剪年留好饭菜，才去工作。

自从剪年醒来以后，他心情甚好，表演的多是抒情歌。

今天他心情郁结，胸闷难受，故意选的都是极具爆发力的歌，歇斯底里地唱了两个小时。

只有累到无法思考，他才有可能睡着。

会写歌的人，情感都是很丰沛的。

当他开始把全部的情感都倾注在剪年身上的时候，她的一举一动，一颦一笑，都会牵动他的心。她难过，他只会比她更痛苦。

连续唱了那么多首硬核歌曲，表演结束后江月的嗓子哑了。

乐队成员一听主唱的嗓子都那样了，明天不能再接着表演，想跟酒吧老板沟通。

江月拦下大家说："我吃点药就好了，没问题，可以唱！"

歌者的嗓子是最重要的，留得青山在才不愁没柴烧，他们不能允许主唱把"青山"给烧了，纷纷劝他休息一天。

江月嘶哑着嗓子跟他们争辩，他不嫌累。酒吧老板却看不过去了，说："他嗓子都这样了，你们还跟他吵什么？"

大家这才闭嘴了。

"知道你们关心他，那就不要加重他嗓子的负担嘛！"酒吧老板说话还是有些分量的，转头劝江月，"你也好久没休息了，不然干脆休息一天？"

江月激动地说："不行，我要养家！"

大家齐刷刷地看向他，搞乐队的怎么能说出这种话？一点都不摇滚！

江月才不管别人怎么看他，扯着嘶哑的嗓子说："我没事，工作不能停。"

他跟剪年保证过，会好好工作，赚钱养她，怎么可以休息？他要赚很多钱给她，让她有安全感。等她行动方便了以后，随便她爱怎么花就怎么花。

江月深夜回家，发现桌上的饭菜一口没动。

他很担心剪年饿着肚子睡觉，但时间太晚了，他也不好把她弄醒。

他担心得辗转反侧，快天亮的时候才睡着。

平日江月早早就会起来做早餐，然后陪剪年做复健，今天他实在太困，闹铃被他无意识地关掉了，一秒入睡。

等到他休息够了，大脑猛地惊醒，时间已经是午后。

江月直呼糟糕，年年怕是饿坏了！

卧室门依旧紧闭，江月站门口说："年年，我没醒你怎么不叫我？

你就这么扛着饿啊?

"我现在去买饭,很快回来,你想吃什么?"

没人回答,江月也习惯了,剪年现在就是若非必要,绝不跟他说话。

他本来已经转身去买饭了,脑海中突然闪过一个念头,又回身去敲卧室的门,依旧没人应声,他马上打开门,里面空无一人。

江月脑子里"嗡"的一声,冷汗都下来了,她就这么无声无息地离开了。

打她手机,无法接通。

江月有一瞬间的恍神,很快冷静下来。

剪年的手机是他买的,他的手机可以定位她的手机,打开软件一看,她的位置在移动,速度还很快。

去年有一段时间,连续发生了好几起年轻上班族猝死的事件,生命如此脆弱,意外来之前不会提前告知。

剪年颇有危机感,把自己的账号密码整理了一份给江月:"既然不知道意外和明天哪个先来,那就提前做好准备。万一我出了事,你记得把存款取出来,别便宜了银行。网站的账号密码是我怕自己久了不用会忘,注册的时候留的记录,不知道会不会用上,一并给你。"

江月有她所有的账号密码,当然包括买票的 App,一查就知道她买了去哪里的票,当即买了同一目的地的票。

乐队成员关心江月的嗓子情况,不知道他晚上能不能表演。

江月正在收拾行李,说:"晚上的表演取消,我要出门两天,明天的表演也取消。"

乐队成员表示:那昨天晚上你跟大家掰扯半天图什么?

江月赶往车站的路上就已经想到,剪年的手机应该是开机状态,可他联系不上，说明他的电话号码被她拉黑了。

开机就行，话可以等他找到她以后，当面说。

江月发现得太晚，所以哪怕是马上去追，也比剪年晚了十几个小时才到达目的地。

还好定位功能一切正常，他一点时间都没有浪费，直接从车站杀去了海边。

春日海边的夜晚，很冷。

夜深了，剪年还待在海边，他担心得要命。

今晚的月色很亮，剪年坐在礁石上，看月光下的大海，透着温柔的凶残。

温柔的是拍击岸边的涛声"哗哗"地响，凶残的是不知道深有几许的大海，吞噬过无数岸上的生命。

无论是大海还是星空都很浩瀚，人类个体与之相比，渺若尘埃。

剪年有很多想去的地方，如果非要排个先后顺序，她首先想看一看海。

明明地球上有70%被水域覆盖，她却因身在内陆，长这么大都没亲眼见过海，于是她来了，坐了一整天，从白天看到夜晚。

大海浩瀚无边，既然它已经吞噬过无数的生命，多她一个也没差吧？

沙滩柔软，拐杖会陷进去一截，剪年前行的时候，身体晃动很剧烈。

"年年！"江月的手机没电了，只能顺着刚才定位到的方向继续寻找，但是海边漆黑一片，五米开外就看不清了。

他边跑边喊，希望剪年能听到，知道他在找她。

风把江月的声音吹进了剪年的耳朵里，她以为是自己的幻听。毕竟没人知道她来了这里,更不可能精准地找到这个无名的海滩。

江月觉得自己和剪年之间是有一条线的,名为缘分或是心灵感应都有可能,在他担心得快要疯了的时刻,冥冥之中有一股力量指引着他朝她跑去。

剪年正在猜想,海水到底有多冷,就被人从背后一把抱住了。

她尚未接触到冰冷海水,先感知到了人体的温暖。

江月终于抓住了她,打心底里松了口气。他呼哧带喘,哑着嗓子说:"如果我英年早逝,一定是被你吓死的。"

剪年听他声音嘶哑得不像样,疑惑地望着他。

江月把背包背到胸前,拿出一件厚衣服给剪年穿上。

海风呼呼地吹,剪年的头发在脸上胡乱地拍。她早就冷麻木了,但她并不在意,她连生的意志都失去了,又怎么会怕冷呢?

江月把兜帽盖在剪年的头上,还伸手摸了摸她的耳朵,冷得像冰一样。

他二话不说,转身将她背在背上。

剪年有些抗拒,不想让他背,但她那点力气跟他较劲,这辈子都没赢过,这次也一样。

江月背着剪年往有光亮的方向走去。

他说:"你看这些洞,是你留下的小尾巴。"

沙滩上有一串拐杖戳出来的小洞,江月就是靠这个寻到了她。

他说:"你想来看海,我陪你。以后不管你想去哪里,都得叫上我,你一个人我不放心。"

"你不累吗?"剪年听他的嗓子都快发不出声音了,还在努力地说话,"你能背我到几时?"

"背到我背不动为止。"江月终于听见她说话了,只觉得高兴。

他甚至开心地跑了一小段,然后呼哧带喘地说:"年年,我比你先醒来,一定是有原因的。你是我唯一活下去的动力,你在,我就想努力生活;你不在,我也不会在的。"

剪年死死咬着嘴唇,血都咬出来了,眼泪都没能忍住。

明明她在梦里做到了,彻底地、无情地、坚定地跟江月划清了界限,为什么不能再做到一次呢?

"江月年年望相似。"江月转身望着海上的明月说,"年年刚才是不是想走近一点看看月亮?"

眼泪模糊了剪年的双眼,她根本就看不清月亮。

江月温柔地说:"以后不用你靠近月亮,月亮会走向你。"

旅游淡季,又是不知名的海滩,附近的民宿很便宜,空房间也多。

江月选了门口的花开得最艳的那一家入住。

剪年面对一张巨大的双人床,无语凝噎。

江月把行李一放,去浴室将浴缸放满热水,然后就帮剪年脱衣服。

就算是两人热恋的时候,他都不曾这样对她,现在两人的关系这么别扭,他突然这样是唱的哪一出?

剪年连站都站不稳,很难阻止他的行动。

江月把她脱得就剩内衣了才住手,用浴袍将她一裹,一把抱起,快步走进烟雾弥漫的浴室。

他试了下水温说:"快来泡个澡。"

剪年站着没动,江月起身又要上手帮她脱衣服。

她慌不择路,连人带睡袍一起坐进了浴缸里。

江月偏头望着她，认真地问："你行李都没有，明天穿什么？"

唯一一套内衣，湿透了。

江月很快想到办法："没事，可以吹干。"

剪年坐在浴缸里，不敢动。

江月倾身扶着她的背，让她慢慢躺下。

水还不够深，没有没过她的肩膀，他一捧一捧地往她肩上洒水。半个小时以后，她的脸上才慢慢有了些血色。

"明明怕冷怕得要命，每到冬天就是手冷、脚冷，连屁股都冷，取暖全靠我进行热传递的人，还专门跑这么远来吹冷风，何必呢？"

江月坐在浴缸边玩水，忍不住念叨她。

剪年第一次穿着内衣泡澡，勒得难受死了，忍不住问："你要看我洗澡？"

江月摇头，一脸真诚地说："我是怕你滑倒，时刻保护你。"

剪年冷声道："不用了，你出去。"

江月直勾勾地看着她说："年年，你哪里我没看过？你不是……害羞吧？"

"我只是不想引起不必要的麻烦。"

剪年说着就把身上的衣物全脱掉了，泡澡还是要全裸才对。

江月把湿衣服从水里捞起来，拿到洗手台，认真地洗洗刷刷，然后发现这里的洗衣机有烘干功能，完美解决问题。

剪年见他终于离开了，放心大胆地洗了起来，没想到他再次回到浴室，吓得她一把抱住自己。

"对不起。"江月连忙道歉，"我忘记敲门了，不好意思，吓到你了？"

剪年怒目而视，眼里只有两个字：出去！

江月视而不见，拿来洗发水，殷勤地帮她洗头发。

剪年气呼呼地问："你想干吗？"

她能自己洗澡，他在干什么多余的事？

江月理所当然地说："早点给你洗完，我还要洗。"

剪年觉得他话里有话，立马打消他的不良念头："你不要碰我。"

正在冲泡沫的江月毫不犹豫地答应了："我知道你不喜欢，我会尽量忍耐的。"

剪年简直不敢相信，他会说出这样的话。

以前一天不配合他做两次，他都会跟她发脾气，一有时间就会消耗在她的身上，这样的江月居然说他会忍耐。

思及此，她就好奇了："你这半年是怎么解决的？"

她昏迷，他只能找别人解决吧？

江月轻描淡写地说："让自己忙起来，不去想，它自己会解决。"

剪年简直不敢相信，江月居然会控制自己的欲望？

"所以你能忍住，不是非得折腾我？"

江月揉头发的手顿了一下，说："以后你不愿意，我就不碰你。"

剪年紧绷的身体终于放松了下来，说："你没出家，却要做和尚，图什么？"

"以前我太在乎自己的感受了，你也是，就算不情愿也会配合我。你能配合我，我也可以配合你。"江月一字一句，缓缓地说，"你没醒的时候我许过愿，只要老天把你还给我，我愿意用一切交换。以后，每天睁开眼睛能看到你，我就满足了，多的，我不配。"

剪年以前做过一样的事，说过一样的话：她祈求上天，若是她能跟江月在一起，别的她都可以不要。她的愿望实现了，于是不管每一步走得如何不堪，她都觉得，那是她应付的代价。

她不敢再奢求什么，怕上天嫌她贪心，将一切都收回。

神奇的是，江月竟会跟她有一样的心境，那是爱一个人到了极点，才会连自我需求都不顾，只想让对方开心。

剪年不知道是热水的功劳还是江月的改变之大让她心中暖软，洗完澡以后，她觉得很舒服，由内而外，从心到身，这是她醒来以后从未有过的轻松和舒适。

江月去洗澡了，她用毛巾按压头发，尽可能吸干水分。

吹风机的声音呼呼地响，以至于她都没听到江月的脚步声，直到他拿过吹风机帮她接着吹头发。

两人都洗过澡的情况下，江月不发情折腾她就不是江月了。

虽然他说了要忍耐，可剪年对他有些惯性地提防，尤其今晚只有一张床：怎么看都是羊入虎口的局面。

江月帮剪年披好被子，这才躺下，睡得四平八稳，一动不动。

剪年可睡不着，不敢相信他真的会老实，还能说到做到。

果然，不到一分钟，江月就翻身朝着她，还去勾她的腿。

剪年气得，要不是腿还没什么力气，直接一脚把他踹飞。

江月说："你现在腿部血液循环还不太好，把脚放我怀里，我给你焐着。我去那头睡，这样方便抱着。"

剪年还没说话，他已经钻进被子里，两下爬到床尾，探出头说："枕头丢给我，谢谢。"

江月把剪年的脚贴在自己腹部，虽然她泡了热水澡又一直盖着被子，但脚的温度远没有他的体温高。

他搓揉着她的脚，试图让她尽快暖和起来，懊悔地说："你最近睡觉脚都是这样的温度？为什么不跟我说？"

他忍不住叹息了一声，很是自责："你不说我也该发现的，是我的问题。等回去了我就把问题解决掉。"

剪年这辈子，没什么人对她好，所以她对自己也不是很好。

现在江月突然对她这么好，她都不知道该作何反应，只是本能地眼眶发热：原来被人温柔以待，是这样的感觉。

"为什么是我？"剪年忍不住问他，"如果你真的喜欢我，早就该爱上我了，而不是等到现在才摆出一副非我不可的样子。"

"我受伤以后昏迷了一段时间，做了一个梦。"江月一直想忘记，却怎么都忘不了，"在梦里，不管我怎么对你好，你都不愿意看我一眼。车祸让我失去你一次，梦里我又失去了你一次，我都不想活了，结果却醒了过来，知道你还活着，我心里才有了寄托，从那以后，我就只想和你好好在一起。"

"你也做梦了？"剪年好奇，"我也在你的梦里？"

江月说："我梦到了小时候，你转学到班上的那一天……"

剪年闻言，如遭雷击，她的梦也是从那一天开始的。

而且，梦里的江月和她当年认识的小江月也很不一样，对她更热情、主动，还很温柔。

难道江月一直在她身边，不管是梦里还是梦外？

她曾天真地以为，重来一次就能改变既定的命运，到头来才发现，不管重来多少次，唯一不变的，竟是两人对彼此的恋恋不舍。

后来。

剪年再也没说过要离开江月的话，江月因此动力十足，创作力大爆发，写了很多首甜得要命的歌。

乐队的成员被恋爱的酸臭味刺激得想死，一首都不愿意练，觉得唱这种口水歌，以后在圈子里就没脸见人了。

江月只能转手把歌卖掉，结果甜歌很有市场，后续多了很多邀歌的工作，让他实现了好好赚钱，让剪年想怎么花就怎么花的承诺。

剪年总觉得那个梦过分真实，好好利用或许对自己有利，便试着捡起在梦中学过的小语种。结果她就跟任督二脉被打通了一样，一捡即会，经过一段时间的学习和练习就去参加等级考试了，努力朝着翻译的方向迈进。

人生啊，凡走过，必留下痕迹，而她所做的努力一点都没有浪费。

江月的乐队也发展得很好，粉丝多了什么样的妖精都有，主动投怀送抱的只会增加不会减少。

他只要出门在外表演，就会打视频求剪年："年年，你能不能考虑辞职，随时陪在我身边保护我的清白？现在已经不是女生垂涎我的问题，有些男粉也觊觎我！"

剪年左手翻字典，右手写翻译，看都不看他一眼，只说："嗯，辛苦了，什么时候回家？"

江月秒答："明天晚上九点到家！"

"好。"剪年忙得很，只想快点结束通话，"我等你一起吃晚饭。"

"真的？"江月的脸都快贴到手机屏幕上了，眼冒星星地说，"我买饭回去，我们一起吃！"

"说定了。"剪年放下笔，抬眼想关掉视频，就见江月的脸撑满了整个屏幕，吓得她的手抖了一下，没能戳中挂断按钮。

江月终于看到她的脸了，美滋滋地笑了起来，问："年年，我乖吗？"

剪年一脸无奈地望着他，不想说话，都几岁了？又不是小孩子，还要天天求表扬呢！

江月不管不顾地嘟起嘴说："亲一个嘛，吻别，要吻别。"

剪年对着屏幕给了他两耳光。

江月还想纠缠，结果乐队成员一把抢走了他的手机说："嫂子，不用担心，我们和他睡一屋呢，不管男的女的都别想近他的身，保证他出门在外清清白白，谁都别想靠近！"

剪年竖起大拇指，对乐队成员表示感谢。

江月还想抢回手机，却被人摁住了说："求你了，回家再跟嫂子腻歪，我们的命也是命，天天听你跟嫂子撒娇，都快被肉麻死了！"

"噗……"剪年真是百忙之中笑出声。

她没有挂断，抢了手机的人也不敢真的挂掉。毕竟大家都知道，事关剪年就不能开玩笑，因为主唱大人真的会翻脸。

最后手机还是回到了江月手上，他不得不照顾队员的情绪，不好继续说肉麻话，只能退而求其次："老婆，跟我说晚安。"

剪年望着他，轻笑着说："好好休息，等你回来给我暖脚。"

江月开心地大声道："好的，亲爱的！"

人和人之间，最远莫过于一个转身的距离，所幸，他们转了很多圈，最终面向的依旧是彼此。爱唯有双向奔赴，才是最短距离。

- 番外完 -

愿岁岁平安,
愿年年有余

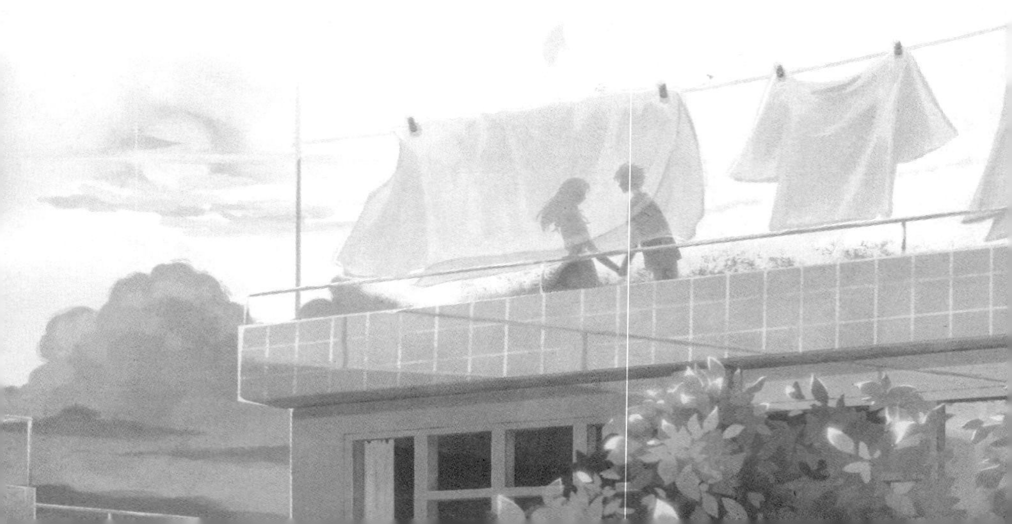